港漂

前疫情時代的似水流年

筱梅　著

前疫情時代，這一群「港漂」經歷的掙扎和錘鍊，仍然值得被看見被了解。

前言

「港漂」在香港是一個獨特的群體，泛指近年來通過各種方式來到香港生活定居的「新移民」。但其實「港漂」又是一個普遍存在的群體，多年來，一代又一代的「港漂」們來到香港、建設香港，他們，是香港不可或缺的發展基石，也是香港都市色彩中的絢麗一筆。

此一書稿完成於疫情前，描寫的是一群來自內地的「港漂」面對新生活，如何逐步認識香港、愛上香港，並最終將這裏作為自己長久棲息的「家」。

電子信息時代，信息多、記憶短。偶一回首，驚流年似水。即使眼下社會環境總在變化中，但作者認為，前疫情時代，這一群「港漂」經歷的掙扎和錘鍊，仍然值得被看見被了解。

感謝身邊港漂朋友們的激勵，也感謝這個跌宕起伏的年代，讓我們得以記錄生活、描寫人生。

目錄

● ● ●

引子

●●●

那個夜晚，月明星稀，天氣冷得要命。北方冬季的風乾乾地吹著，我整個人縮在長到腳脖子的紅色羊絨大衣裏，急急地往北京音樂廳走著。這天是大年初三，自從北京禁放煙花炮竹後，春節便似乎與熱鬧無緣了。大街上冷冷清清，人影寥寥可數，直至進入音樂廳，一片燈火中人氣漸旺。

不瞞你說，此刻手中捏著的這張演出票是我撿來的。出生二十年來，除了小學在馬路上撿過兩分錢，按照兒歌的指示交給了警察叔叔，並且在表揚中興奮地膨脹了幾天外，我就沒有再撿過任何東西。

但就在前一天，我走過一個下水道的上蓋時，卻不經意地看見一張小紙條在上面飛舞。我低頭看一眼，就徑直走我的路。可是風中飄蕩的紙條突然就親密地粘黏在我厚厚的毛質裙裾上，抖也抖不掉。我不得不夾起它，並終於正眼端詳起來：是音樂廳的演出票，我又瞄了一眼日期，心一下緊繃起來。

旁顧左右，只有遠處匆匆而過的兩三個行人，都是完全不相干的樣子。我將票掖進了兜裏，一路狂奔到家，然後小心翼翼地拿出票，輕輕地捋平了。是真票，一點沒錯，時間就在第二天晚上。並且，竟然是一場新年專場古琴演奏會，這下我徹底無法抗拒了。

當晚坐在音樂廳中，我最喜歡的古琴聲卻入不了雙耳。生平第一次做這種不大光彩的事，心中一直忐忑不安……

——5 排 12 座　李北雁

我坐在倒數第二排的座位上，心中一直不爽。本來今天是我們的結婚紀念日，所以早早買了我倆都喜歡的古琴演出票，想一起來浪漫一下。生活是需要儀式感的。沒想到票莫名地就丟了，眼看計劃好的事就要泡湯，我只好重買了兩張票。結果今早和老公提起，他卻完全忘記了看演出的事，說晚上安排了個重要宴請，我這個氣呀……

遠遠地望向我原來的位置，似乎有人坐在那裏，本想上去盤問一番，但還是罷了，就讓美妙的琴聲驅散這一切不快吧。

——26 排 20 座　蔚然

他本來是答應陪我來聽古琴音樂會的，他曾經說過我就是一曲中國古樂，他喜歡到骨子裏了。可是，可是他太太的一個電話，他就匆匆走了……

——12 排 2 座　江夢

學校民樂學會的幾個同學約好了一起來的，可是自己暗戀的他卻和另一個女生坐在了一起，我隔著幾個人也不好意思總偷看他，只能從眼睛的餘光裏感受他的存在，唉……

——18 排 36 座　Carmen

北京音樂廳裏琴音錚錚，舞台上的追光匯聚一點，演奏正進入高潮。人們屏氣凝神，觀眾席連聲咳嗽都不敢輕易發出。台下前後四個不同的位置上，坐著四位容貌姣好、各懷心事的年輕女子。

十五年後，她們都已人到中年，命運又讓她們在異鄉相遇。

只是，她們始終渾然不覺。

第一章

不歡而散的「團年飯」

正午十二點，陽光懶懶地灑在維多利亞港的海面上。時逢春節，維港的船隻不再來來往往，偶有一兩艘渡輪不緊不慢地破浪而行。李北雁在陽台上對著海面伸了伸懶腰，就轉身回屋拿起大衣，關門，下樓。

電梯直下大堂，8 座的保安今天還是那位胖胖的大嬸，一看見李北雁就熱情地打招呼：「劉太，新春快樂！」李北雁一邊用不太標準的粵語回應：「新年好！恭喜發財！」一邊按照香港人過年的習俗，掏出了準備好的五十元利是封遞過去。

今天是二〇〇八年大年初一，屈指一算，李北雁來香港定居恰好兩年零五天。走出維港花園小區，穿過馬路，她很快就到了「成記海鮮大酒樓」的門口。老公劉亦帶著女兒芊芊，還有婆婆公公，以及老公家的七大姑八大姨想必都已經坐定了。剛才北雁藉口正在燒水，故意讓老公他們先走，一方面自己可以短暫清靜幾分鐘，一方面也可以遲些面對老公的大家族。

酒樓門口一左一右安放了兩盆巨大的金桔。在香港過春節，滿大街皆是此物，因為在粵語裏桔子的諧音為「吉」，意味著「金玉滿堂」、「大吉大利」。

放眼望去，酒樓裏滿滿的都是人。廣東人愛美食，飲食文化盛行，香港人尤甚，不要說這過年過節，就是平常週末，許多飯店也是一座難求，早早就要預定的。

小心翼翼地穿過一桌桌喧騰的人群，北雁終於看到了老公的一大家子。

說是老公的家人，其實更準確地說是婆婆的家人。在老公家，一向是婆婆話事，婆婆的地位無出其右。平時互相走動的親戚，就是婆婆的一個姐姐、一個弟弟。公公本來就沉默寡言，加上一個兄弟在內地福建老家，另一個兄弟四九年去了台灣，現在雖然兩岸三地也通了音訊，但見面續話的機會仍然不多。

「阿雁，這裏！」喊話的是大姨媽，婆婆的大姐。大姨媽年近七十了，但是如果不提，北雁壓根兒就意識不到這是位老人家了。滿頭黃褐色的捲髮，雖然疏淡但顯然精心修過的月牙眉，一張飽滿的紅唇，這張臉讓素面朝天、頭髮略凌亂的李北雁心裏緊了緊，一種落差感油然而生。

「新年快樂、身體健康、恭喜發財……」李北雁走到桌邊，挨著個兒地向每個人打招呼。

大姨媽旁邊是她兒子兒媳小孫子一家，這個小家庭九七年香港回歸之前移民到了加拿大，後來又回流香港。再過去，就是婆婆的弟弟和弟媳。兩位老人難得出來飲茶，北雁來港後這是第二次見他們。北雁一邊打著招呼，一邊從口袋中掏出利是派給兩個小朋友。

「媽咪、媽咪！」一串清脆的聲音在北雁耳邊響起，女兒芊芊靠在爸爸的肩膀上向北雁招手。北雁嘴上答應著，眼光卻望向婆婆。看到婆婆並不正視自己，北雁趕緊向婆婆公公打招呼。

北雁挨著女兒坐下，劉亦隔著女兒用目光安撫了下北雁，並對北雁說：「碗碟都淥洗過了，你先喝點茶吧。」

老公劉亦是個外表柔和、舉止有度的人。當年在北京初見，正是其一副謙謙君子模樣，戳中了北雁的內心。不過結婚七年來，尤其是來香港定居的這兩年，北雁逐漸發現，在香港出生長大的老公這一代，男性們普遍比較溫和，在外守規矩，在家愛家人，「乖仔」的性格特徵相當明顯。在體貼老婆的同時，他們往往對母親也言聽計從，從不敢忤逆。而這，正是北雁眼下最大的苦惱。

說話間，餐廳阿嬸推著餐車過來，「叮零咣當」上了六個涼菜，接著廣式點心的「四大天王」——叉燒包、蝦餃、蛋撻和乾蒸燒賣也擺上了桌，杯盤相碰的聲音尖利刺耳。幾個男人並不喝酒，大家就一起舉起茶碗，互道「身體安康！大吉大利！」

劉亦又特別向大姨媽的兒子 Leon 致意：「希望表哥事業發達、生意興隆！」

Leon 一臉苦笑地回敬：「現在被逼留在這裏，實在沒辦法呀。」

大姨媽的老公，也即是 Leon 的爸爸姓吳，祖籍江蘇淮陰。吳家從祖上就流傳下來一個刀剪加工廠，解放前曾經是中國著名的民族品牌，名氣不遜於北京「王麻子剪刀」。文革中，吳家一家歷經磨難，從大陸輾轉來到了香港，本以為家族事業就此中止。但是大陸改革開放以後，大姨夫又心有不甘地回到內地，恰好當地政府招商引資各種優待，便又投資重建起當年的家族工廠。

此後，大姨夫就在內地、香港兩邊跑。八十年代後，工廠越做越興旺，不僅在內地開了分廠，在香港也有了兩家店舖。不過隨著年歲漸長，近年大姨夫每月回老家看廠，深感體力不支，越來越跑不動了，所以一心想著讓兒子接班。兒子 Leon 一家在移民加拿大後，卻遲遲不肯回港，一是因為兩夫妻均從事藝術設計，對祖業實在沒有興趣；其次兩個孩子已在加拿大讀書，不願再重新適應香港的教育。糾纏了兩年，Leon 一家終於屈服，去年一家四口回到了香港，眼下不情不願地打理著不捨丟棄的家業。

一大桌人，此刻你一言我一語，在酒樓的喧嘩聲中吃力地聊著天……

本來，香港人在外都很守規矩、謹言慎行，很少大聲喧嘩，但到了酒樓就不同了。香港的大多數酒樓空間有限，桌子之間常常密密實實地挨著，連服務生送菜都要左躲右讓。眼下又趕上過節人多，聲浪就難免大過平常。

看他們聊得歡，北雁卻覺得無聊。女兒芊芊有劉亦照顧著，而大家聊的話題，自己多半不感興趣或者不了解，雖然北雁現在廣東話能聽懂個八成，但是表達起來還是覺得詞窮，發音也不準，所以也就盡量不多說話了。但若是一直保持沉默，又怕婆婆誤會自己冷待這些親戚，所以呢，只好時不時地抬起臉來，用笑容去迎合每個人，或者起身給各人添些茶水。

這頓大餐的重頭菜「烤乳豬」端上來了，這是香港人乃至整個廣東人逢年過節、辦喜事時最喜歡的一道菜。乳豬烤得通體鮮亮紅潤，正合「紅紅火火、鴻運當頭」的好意頭。在香港，公司開業也喜歡「切乳豬」，寓意生意「從頭斬（賺）到尾」。

北雁趕緊站起身來，用公筷給每個人夾上兩塊已經分切成片的乳豬。

「你們有沒有看到昨天的新聞？從大陸來的一批豬肉，雖然經過了檢疫到香港，但還是有很多人吃了腹瀉，所以呀，最近很多人都不買豬肉吃了，」吃飯穿衣都頗為講究的表嫂，有些大驚小怪地說。

「是呀，是呀！」婆婆說：「現在這個大陸啊，什麼東西都是假的，什麼東西都不能信，所以一說起大陸貨啊，我就是緊張，憎到不行。」

婆婆發話，一桌人都不假思索地一味附和起來。

李北雁眉頭不禁緊蹙，明明自己這個兒媳就是「大陸貨」，婆婆當著這麼多人面，不就是在嫌棄自己嗎？李北雁從耳朵紅到了脖子，說不清是因為憤怒還是羞愧。

她本想反駁幾句，但是一想到這一年來時不時和婆婆發生點齟齬，而今天又是大年初一的大日子，所以還是決定隱忍著。北雁也能感覺到劉亦的目光悄悄地遞過來信息，那眼神裏沒有其他意思，一如既往地讓她要忍讓！忍讓！

就在這時，一隊人馬喧騰著簇擁而來，北雁定睛一看，只見一個紅彤彤「財神爺」裝扮的男子捧著一個巨大的「金元寶」，周圍圍攏著一群酒樓的服務生，其中一個人舉著個裝利是的紅盒子。

「財神爺」果然是個明眼人，徑直地奔到公公婆婆的身邊，連連作揖：「老人家身體健康！恭喜發財！」並從元寶盒中拿出一些紙包金幣、糖果發給每個人。

每個人都是喜盈盈地接過這吉祥物兒，芊芊「咯咯」笑著和表哥家的兩個孩子比手勢，看誰得到的多……

接下來，北雁發現婆婆在對自己著急地使眼色：「利是，快點、快點！」

「快把利是給爸爸媽媽！」劉亦也連聲催促。

北雁一下愣住了，什麼利是？給這些親戚小孩兒的利是，不是已經派過了嗎？及至看到別人都在紛紛掏利是給「財神爺」，才恍然大悟，可是一摸口袋空空如也，利是數量都是數好了才帶出來的，真的沒想到還要多備一點兒。

畢竟是第一次在香港過年，雖說老公和婆婆一早就告訴她要準備好利是，孩子們和家裏的菲傭、樓下保安、清潔阿嬸都要派到，但沒有人提醒過她要帶利是來吃飯啊。北雁只好一臉無辜地望向婆婆，難堪地搖搖頭。婆婆的臉頓時僵硬成一道白光，刺得北雁的眼睛都快睜不開了。

還是表嫂眼明手快，馬上塞了兩封利是到公公婆婆手裏，兩位老人轉手給了「財神爺」，一眾人才拱手離開。

吃完喝完，眾人告別離開。下台階時北雁下意識地去攙扶婆婆，婆婆一甩手，狠狠地把北雁的手打掉，自顧自往前走了。公公不說話，只是緊緊地跟在婆婆後面。劉亦呢？更是愁眉不展，拉著芊芊的手想等北雁，又怕怠慢了母親。北雁腳步沉重而遲緩，很無趣地跟在他們一眾人後面。

沒想到新年伊始，生活就開了個並不漂亮的頭。

等北雁走到電梯間，一行人顯然已經上去了。北雁一個人孤零零地進到了四面都是鏡子的電梯間裏，看到鏡子裏的自己，一張臉雖然眉清目秀，但是，卻蔫得沒有任何光澤。以前那個高傲自負、閃閃發光的北雁，真的是一去不復返了嗎？

走出電梯，北雁還沒到家門口，就聽到屋裏像炸開了鍋。婆婆尖鋭犀利的聲音，整個樓道都聽得清清楚楚：「這個新抱（媳婦）真是讓我丢死人了，你們説，是不是丢死人了？！」

沒有人回答，也沒有人反駁。想必劉亦也是躲到一旁，而可憐的芊芊此刻一定也是在自己的房間裏，把頭埋在枕頭下，悄悄地哭了吧！

北雁沒有拿手中的鑰匙去開門，而是轉頭，重新回到電梯裏，一路向下、向下……

第二章

瑪麗醫院

「嗡嗡嗡……」口袋裏的手機響了。

散漫飄渺的思緒回到當下，北雁才驚覺自己在中環海濱的長椅上已坐了很久。拿起手機看到了一個熟悉而親切的號碼，沉重的心突然跳躍起來。

「雁兒，你們今天過得怎麼樣？芊芊收到紅包了吧？」媽媽的聲音從世界的另一頭遙遙傳來。

北雁這才想起，竟然忘記讓芊芊給姥姥姥爺拜年了。

「我們一切都好！北京現在已經天黑了吧？」北雁清清嘶啞的喉嚨，故作輕鬆地回答媽媽，眼前浮現出北京全家歡聚、其樂融融的除夕夜。

「你哥哥全家都在這兒了，我們正準備涮火鍋，就差你們……」媽媽的聲音有點哽咽，北雁立即就淚眼婆娑了。一種強烈的思念侵蝕著她，想家、想父母、想北京、想念過往的一切一切……

顯然是爸爸一把搶過了電話：「北雁，你們開開心心地過年吧，我們都好，別理你媽……」

電話掛斷，北雁的心也空了。維港兩岸，此刻正值華燈初上。自一九九七年中國從英國政府手中收回主權，香港已回歸十年有餘。北雁用朦朧的淚眼望去，這個世界聞名的東方之珠，流光溢彩猶如家底雄厚、氣度不凡的貴婦。但是這些曾經讓她震撼和驚嘆的輝煌燈火、閃爍霓虹，此刻竟挑不起半點心動，一切回歸平常，一如她和劉亦的愛情。

不遠處，一個白衣女子憑欄而立了很久，似乎心事重重。

北雁從長椅上起身，那女子也轉過了身，目光幽幽地正好望過來。好仙的美女！北雁不由地向她微微頷首，那女子竟也對北雁點了點頭。

突然一陣難受湧上五臟六腑。北雁打開了剛才屏蔽的號碼，果然，手機馬上響了起來。

劉亦焦慮的聲音立即傳來：「北雁，你在哪裏？我把周圍都找遍了，也找不著你。你快回來吧！你現在還懷著Baby，你不為你自己考慮，也要為小朋友考慮呀！」

是呀，北雁進一步清醒過來，自己已經懷有七個多月的身孕了，今天不知不覺走了這麼長的路，又在寒風中坐了這麼久。

正想著就覺得腿酸身乏，頭暈得厲害，突然眼前一黑，就什麼都不知道了……

Teresa M. Yan 繪

真累啊！感覺在一池泥沼中掙扎了很久也邁不開腿。最後拼力一掙，突然就出來了。

北雁眯起眼睛，感受到了安詳柔和的燈光。

「媽媽！」、「老婆！」芊芊和劉亦撲了過來。

真實生活的碎片正蜂擁而來……

她恍恍惚惚記起，昨晚自己被白車（救護車）送到了醫院，記起醫生緊張地準備打麻藥，記起本來打算順產的兒子最後實施了剖腹產……

「孩子，好嗎？」忍著手術後刀口的隱痛，北雁吃力地發問。

「醫生說沒問題，就是因為 BB 早產要在特別護理部監護一陣子，老婆你辛苦了。」劉亦紅著眼圈，看來也是一夜沒睡。

「弟弟，可不可愛？」北雁不想理他，緩緩側身握住了芊芊的手。

來到香港一家團聚後，也許是為了彌補這幾年的缺位，劉亦對芊芊萬般寵愛，芊芊也越來越黏住爸爸。尤其北雁又有了身孕後，芊芊明顯和媽媽有些疏離了。

看著媽媽滿是期待的眼神，「嗯……」芊芊扭了扭身子，勉強迸出兩個字：「可愛！」

北雁欣慰地笑了。

在用北雁的手機找到家人，並且等他們趕到醫院之後，那女子就走了，沒有留下任何信息。

「我對她說了很多感謝的話，她只笑笑說：有緣遇到，自然不能坐視不管。」

「對了，她說國語來著。」劉亦又補充一句。

兩人正說著話，醫生和護士魚貫而入。聽到北雁說普通話，四十歲左右的醫生也轉了頻道，用流利的普通話問北雁的情況，態度非常和藹。醫生確認北雁並無大礙，此前是因為沒有足量飲食造成低血糖而暈倒。而現在生完孩子，各項身體指標都逐漸回復正常。

北雁放寬了心，於是迫不及待地起身，在劉亦和芊芊熟門熟路的帶領下，去監護室隔窗看了兒子。當北雁把臉擠在玻璃上，看到那張小床上兒子熟睡中的小臉，什麼煩惱不滿都暫且拋到了一邊。即使之前並不期待有個弟弟來爭寵的芊芊，也一臉開心地望向小生命。

回到病房，房間裏很安靜，雖說是三人間，大家說話都細細聲，盡量不打擾到別人。大多數香港人在公共場合都很自律，這裏也不例外。

不過接下來的兩天，情況就急轉直下了。

起因是鄰床在第二天都換了人，兩個香港產婦都出院了，搬進來兩個內地產婦，聽口音都是北方人。

一個本地的中年女人進進出出地幫她們張羅著一切，

一會兒辦證件，一會兒買機票。北雁慢慢明白了，這個香港女人是一個服務中介，專門協助這些內地的雙非（夫妻都不是香港居民）來香港產子。

自從政府打輸了一單出生官司，香港法律就准許在港出生的孩子都可以獲取身分。於是內地許多有經濟條件的家庭，一窩風地過來香港產子。這風潮造成了香港公立私立醫院婦產科床位全線緊張，引發了香港本地產婦們的不滿。前一陣子，北雁還在銅鑼灣街頭，看見本地孕婦浩浩蕩蕩地遊行，抗議「雙非」產子侵佔港人床位，抗議內地人來港搶購奶粉造成本地寶寶斷糧……

看來現實還真是挺嚴酷呢！想想不僅僅是現在的床位問題，今後孩子無論是上學，還是使用醫療、公共設施，都要和無形中多出來幾萬的孩子競爭，本來資源就緊張的香港有沒有承受力呢？北雁不由地想得遠了點。

「唔該唔該（打攪）！醫生醫生！」

突然，外面的長廊上傳來急促的呼叫聲、凌亂的腳步聲。

「是有個深圳孕婦馬上要生了，過來闖關，剛過羅湖就出狀況，硬是挺到這裏來！」那個香港中介出門打探了一下，進來用生硬的普通話回答鄰床的疑問。

「你們有我們幫忙是很好彩了！」末了，她還不忘補上一句。

劉亦又帶了湯煲過來了。

「這是我專門為你買來補身的，一共三十副中藥材，一天一副，正好給你補上一個月，聽說很多明星產後也用這個呢，」說著，劉亦盛了一勺湯遞到北雁嘴邊。

「什麼湯？」北雁剛想張嘴，一個上了年紀的姑娘（護士）破門而入，「這個中藥成分不行的，現在要止血不能活血呀。」姑娘特地吸了吸鼻子，很緊張地說。

劉亦只得沮喪地放下了手。

北雁心裏突然有些不忍。

沉默了一會，兩人都知道有一個話題是繞不開了。

「媽媽就是這樣的脾氣，但她還是認可你的，否則當初也不會同意我們兩個結婚。你讓讓她就好啦，她這輩子就是被人讓慣了嘛。」劉亦勸解道。

北雁只得在心裏嘆了一聲氣。丈夫曾經讓北雁欽慕的剛毅果敢，在婆婆這裏完全蕩然無存。北雁覺得婆婆確實是好命，少時隨著父母家族遷來香港，正趕上香港的經濟快速發展期，生活水平很快就步入小康，一路什麼風浪也沒有經歷過。哪裏像自己的爸媽和爸媽的同齡人，在國內經歷了三年自然災害、經歷了文革，身體上的飢寒交迫和精神上的多重壓力，都刻骨銘心地體驗到了，真的知道什麼是人生的苦。所以，他們也知道現在的生活難能可貴，對人對事，也多了一份豁達和寬容。

罷了，北雁想，自己再跟婆婆爭執又有何用呢？畢竟自己嫁的是老公，還有寶貝女兒芊芊和剛剛出生的兒子，他們才是自己生命中最重要的人。

如果能夠搬離婆婆家就好了。本來自己應該擁有一個獨立的小家庭，但是香港的高房價，令他們只能「望樓興嘆」！劉亦現在的收入，在他所從事的媒體行業內，已經算是不錯，但是要想買房，就無異於杯水車薪了。公公婆婆雖然有經濟能力，但從未提出過幫助他們支付首期。來了香港，全家擠在了公公婆婆位於港島中心的「豪宅」裏，北雁甚至都不敢邀請父母過來探望。

「這要是在內地，父母給剛結婚的小兩口付個首付，是多自然的事兒。」媽媽曾經抱怨過。但是北雁不好意思自己先開這個口。何況劉亦總是對北雁說，住在一起多好，我們可以互相有個照應呀！

住在一起，有菲傭幫助整理家務，幫助照顧芊芊，確實讓北雁省了不少心。但是跟婆婆時不時就發生的衝突，反而讓北雁更覺得辛苦。

人生就是有這麼多的無奈，北雁從少女時期就憧憬的美好婚姻生活，正一點點被現實吞噬。

第三章

一切都在計劃中

國泰航空 939 航班，此刻正在雲霄中穿行。

蔚然拉緊了蓋在身上的毛毯。前排座上，一個六七歲的小男孩正在和菲傭聊天，一會兒英語一會兒粵語。而年輕的媽媽隔著菲傭，一直歪著頭在安睡。

蔚然不禁轉頭看了看身邊的女兒臭臭，她戴著耳機，一路都在全神貫注地看著眼前的電視屏幕，時不時發出「噗哧」的笑聲。

「這丫頭！」蔚然也不禁笑了。

蔚然在一家國有銀行已經工作了十多年，無論是工作還是家庭都正處在人生舒適區。老公謝夏同樣也在這家國有銀行工作，並在前幾年升為了一個部門的總經理。

金融業限薪後，一些炙手可熱的位置竟然出現了青黃不接的空檔。這不，就連香港分行副行長這樣的肥缺，竟也輪到了無任何權勢背景的謝夏。

夫妻兩地分居，對蔚然來説並無所謂。女兒臭臭已經快六歲了，雖然謝夏外派香港，但他時不時回北京述職開會，所以父女倆也是經常見面的。只是不像別的外派家庭一人動全家動，謝夏外派香港以來，從來沒有提過讓蔚然帶著孩子來香港，看來他很適應這種重回單身的生活，並且很享受它呢。

不過蔚然也和大多數中國女人一樣，結婚後有了孩子，眼中就只有孩子，老公的地位直線下降。事關臭臭今年暑假就要上小學一年級了，從其他外派的同事那裏，蔚然了解到香港的教育體制很多元化，共分了公立、直資、私立、國際等幾種類型，有追求成績、追求學術的傳統學校，也有提倡活動教學、快樂學習的新概念學校，和國內的教育體制差異很大。

行裏的一個同事，情況跟自己很類似，但是因為沒有提前做好準備，孩子去了香港非常不適應當地的生活和學習。在國際學校英文跟不上，轉到本地學校，廣東話又不會。父母著急，孩子也很痛苦，對孩子的自信心是一個很大的打擊，最後，這位同事還是選擇帶著孩子回到了北京，重新入學讀書。

如果現在選擇讓臭臭在北京上學，那就意味著，未來一旦要去香港團聚，臭臭就要承受不同體制下，不同的教學模式帶來的壓力。有同事的先例，蔚然從長計議，不想再重蹈覆轍，她比較來比較去，還是決定給臭臭選擇香港的國際學校。雖說在幼稚園階段，臭臭上的北京這家幼稚園只管孩子吃好睡好，日常以遊戲唱歌為主，臭臭英文也基本上沒有基礎，但是蔚然相信，有自己和老公的良好遺傳基因，臭臭只要付出努力，一切都應該能追得上。

「到香港一定要上國際學校，因為香港的本地學校通常是用粵語教課，而整體的教學強度遠遠不如國內像北京、上海這些大城市的公立學校，相比之下，香港國際學校的性價比就要比北京、上海好很多。」那位同事以自己的切身經歷告誡蔚然。

所以蔚然半年前帶著臭臭來到了香港，面試了幾家國際學校。這幾家學校在市面上都發售了可以流通的債券，也是錄取的特別「通行證」，但六七百萬港幣的價格讓蔚然望而卻步。只能突擊在網上找一些面試「聖經」，臨時抱佛腳地來訓練臭臭。

好在小丫頭機靈，面試時總能對答如流，頗得幾位面試老師的喜愛。最後他們被一家環境一流、據說是香港最昂貴的國際學校之一的名校錄取了。一年二三十萬港幣的學費，算下來確實價格不菲，但是比北京的國際學校還是合適。而且學校據説都是金融圈、企業高管的孩子，就連香港一些富豪家族的後代，也不少都在這所學校上學。成年人的世界流行「混圈子」，如今連孩子們上學也要選擇「圈子」了，想到這兒，蔚然不禁啞然失笑。

此刻蔚然閉上眼睛，腦子裏有點兒放空。一切都要重新開始，千頭萬緒的事情讓她焦慮了快半年了。自己的工作因為是從總行到分行借調，已經安排妥當，這裏的一些同事以前去北京總部培訓的時候，大家都認識，平時工作上有時也會打些交道，所以並不算陌生。

唯一不太滿意的是公司提供的宿舍。據説在香港若和人説起住在半山，馬上會令人刮目相看，因為這是有經濟實力的標誌。公司給安排的宿舍雖在半山，但是房子面積只有那個三百多平米的北京家的一半都不到。按香港的算法，也就是八十多平尺吧。雖説三口之家這個面積也夠了，但是從大屋換小屋，可不是每個人都能坦然承受的。

飛機穩穩地落地，蔚然帶著臭臭徑直出了關，很快就到了行李提取處，她們這個航班的行李已經在傳送帶上轉悠了。每次坐航班到達香港機場，行李總是與下飛機的旅客幾乎同步到達提取處，有時人還在往那兒走著，遠遠地已經看見行李了，這一點真是充分體現了香港是效率之都。

以前每次和謝夏唸叨起這些，他總説：「香港的好，等你們來了再慢慢體會吧。」説這話時，謝夏儼然以老香港自居了。

謝夏雖然之前並沒有主動提議全家來香港生活，但是當蔚然告訴他自己的決定時，他還是顯得十分欣喜。

「等你們來了以後，我就不是一個人去行山了，我會帶你們每個週末一起去，在香港這是一種特別好的享受。」謝夏一直是個勤於鍛鍊的人，但在北京時的運動量，好像不如在香港多呢。

遠遠地看見了謝夏，他準時來接機了。臭臭一路小跑到爸爸跟前，然後很親暱地撲了上去，倒是蔚然，跟在後面像個外人。以前天天在一起生活，因為熟悉而視若無睹。這次好久不見，蔚然倒不禁悄悄地打量起老公來。謝夏一米八三的身高，快四十了身形還是頎長而挺拔，一點沒有中年男人的油膩味，就是從來了香港，以前濃密、自帶捲曲的頭髮似乎稀疏了很多。

公司的車裝著幾個大箱子，在暮色中離開大嶼山機場一路向城市中心駛去。謝夏和臭臭聊著天，蔚然就靜靜地透過車窗看出去，過了青馬大橋，這個城市的燈火漸漸躍動起來。等到過了俗稱「西隧」的海底隧道，彷彿一下就扎進了香港的心臟，一座座有名有姓的高樓大廈全都亮晃晃地從車外閃過。紅綠燈路口，車停下來，蔚然雙眼貪婪地望向兩邊的街景，一個個流光溢彩的霓虹招牌映照出都市的繁華和高冷。與北京放眼處總是寬闊通暢不同，每次來香港，都要適應視野變窄、視角變高的變化，因為這是一個豎立著的城市，像身段曼妙的女子，你所要找尋的精彩全在高處，相形之下，北京是平躺著的漢子，一馬平川、粗獷不羈。

車駛到金鐘就開始上坡而行，半山的路並不好走，左拐右拐，兜兜轉轉，即使蔚然帶著安全帶，也一直緊張地用手抓緊前面的椅背。自己在北京時就是個駕齡十年的老司機了，但眼看這香港的山路，她也有點兒心有餘悸。

車終於在公寓門口停下，大廈保安及時地打開大門。他們看到住戶永遠都是有禮貌地微笑打招呼，然後主動開門關門，幫著拿行李。半山上的這類住宅大多是一樓成棟，私密性非常好。保安不但認真負責，而且也不會八卦，隨便打聽住戶的家事，很有一種職業操守。

一家人進了房間，放下行李。三室一廳的格局，除了各個臥室都小，廚房、主客衛生間都是明窗，乾淨整齊，挑不出啥毛病。

蔚然轉來轉去，最滿意的還是那個不大的陽台，正值滿月，月光灑滿了整個陽台，憑欄而望對面的山影，雖只朦朦朧朧，卻可聞到滿山青翠的氣息。

謝夏叫著：「臭臭，你仔細看這個山，有時候還能看見小猴子在山上跑呢。」

「哦，爸爸，那會不會有老虎啊？」臭臭故意怕怕地說。

「老虎？那才是稀罕呢！」蔚然忍不住笑著插了一句，轉身回屋了。

「哎呀，臭臭，你快點把你的房間整理整理，把書包也收拾一下，再過兩天你就要開學了。」

「好的！媽媽！」臭臭真是個乖巧的女孩，她一邊答應著，一邊把自己的行李都拖到了房間裏。看得出，小姑娘對自己未來的學校生活充滿了欣喜和期待。

蔚然呢，也是同樣如此，新的生活就要開始啦。

第四章

丟手鐲風波

在瑪麗醫院住了一個星期，北雁終於帶著兒子回到了家裏。因為小傢伙腦門正中央有一粒豆大的淡色胎記，所以劉亦給他起了個綽號「小青豆」。

原本，北雁打算請一個訓練有素的月嫂來家裏幫手。雖然香港的月嫂收費非常高，普遍月薪是兩萬到三萬港幣之間，但她們也很專業，不僅經過嚴格培訓，並且須通過七次考試，才能最終拿到月嫂執照。但是婆婆卻不同意請月嫂，婆婆覺得家裏已經有一個菲傭了，還有她和北雁，照顧一個初生嬰兒並不是什麼大問題。

北雁只能在心底「呵呵」了，從始至終，婆婆似乎都沒有想到北雁是一個產婦，也是要照顧的對象呢。

在生芊芊的時候北雁得了腰骨痛的毛病，所以現在但凡天氣潮濕或者季節轉換，就會腰酸背痛、渾身不得勁。媽媽一直在電話裏叮囑北雁：「這第二胎你可要好好坐月子哦。如果好好養的話，會把之前落下的毛病養回來的。」

很早之前，媽媽就做好準備，打算來香港照顧北雁坐月子。但是權衡之下，北雁還是勸退了媽媽。她一方面不想讓媽媽這麼辛苦，另一方面也不想讓媽媽了解到自己和婆婆有這麼多的矛盾，更不願讓媽媽攪和到這個是非曲直中來。

兩個自以為是的老人家在一起，會生出無限的事端，到時候最難受的還是自己。

但是隨著出院回家後的一系列困擾，北雁很快就後悔這個決定了⋯⋯

劉亦向報館請了一個星期的假，所以白天還好，劉亦幫著照顧「小青豆」，還親自下廚給北雁煲催奶湯。到了晚上，就是北雁的地獄了，因為要時不時給「小青豆」餵奶，她很難再睡個整覺。這且不說，很快乳頭就被「小青豆」吮破了，有少少出血，傷口未癒又要接著餵奶，那種鑽心的痛真是難以言說。

劉亦心痛北雁，便不讓再餵，改為用吸奶器儲奶給兒子喝。只是夜裏北雁仍是漲奶，要頻頻起床泵奶，常常一邊泵著一邊就睏乏至極地睡著了⋯⋯

最近北雁時常夢到睡在隔壁房間的女兒芊芊。有一次夢見芊芊和自己逛商場時走丟了；還有一次夢見芊芊在學校被同學欺負⋯⋯

每次一著急，就從夢裏醒來了。可是那種緊張難受的情緒，讓自己半天都緩不過勁來。有兩次醒了淚珠就掛在臉上，明明知道是夢還是控制不住地哭泣著。

自從北雁又有了身孕，就一直在做芊芊的思想工作。像所有當了多年獨生子女的孩子一樣，芊芊很抗拒父母再有個孩子。

「媽媽，那你們肯定沒有時間照顧我、搭理我了！」芊芊表達自己的抗議和擔憂。

每次北雁都是撫摸一下芊芊的頭髮，再拍打著她的肩膀說：「寶貝放心好了，你永遠是媽媽最愛的孩子。」

其實能不能做到呢？北雁心裏也沒數。

可能所有的父母在要二胎的時候，都是這樣承諾自己的大女兒或大兒子，答應他們父母的愛一點兒也不會減少。但是畢竟，一個人的時間和精力都是有限的，厚此必然薄彼，照顧了這個就顧及不了另一個。就像現在隨著兒子的到來，不僅北雁不能再無微不至地照顧芊芊，全家的關注點也都在這個小生命上，一片忙亂中，所有人都無一例外地忽略了芊芊。

芊芊小小年紀似乎已明白家中的變化，近來變得似乎很安靜，更確切地說是沉默寡言了。以前每天從幼稚園放學回來，都會賴在自己身上撒會嬌，像個小尾巴一樣跟著自己。現在也會跑來摸摸弟弟，摟摟媽媽，但是因為長輩們總是告誡：「別吵醒弟弟」、「別摸痛了弟弟」，芊芊就很無趣地跑到自己的房間看繪本，玩玩具，不再總是纏著媽媽了。

婆婆和劉亦都誇讚說:「芊芊真乖，芊芊懂事了！」

只有北雁覺得，芊芊的這種成長令人心痛。兒子提前到來，打亂了自己對芊芊的心理建設步驟不說，即便是自己，未來如何分配有限的時間和精力給兩個孩子？似乎也沒有一個頭緒。

其實，她已經意識到了自己在變化中，之前被芊芊全部佔有的母愛已經悄悄地被侵蝕了一點點。每每想到這裏，心裏總是湧上一些慚愧和內疚。所謂夢由心生，正是因為北雁心中不安，所以才會頻頻夢見芊芊身處險境吧。

北雁躺在大床上，側身看了看旁邊小床裏的小人兒。「小青豆」此刻睡得正香，虎虎的小臉兒，小鼻子開開合合，呼出的氣似乎都是甜潤潤的。

菲傭 Lenny 正在準備給「小青豆」換尿布。雖然 Lenny 自己並沒有結過婚，但是一招一式卻有板有眼，讓北雁不禁心生讚賞。Lenny 來到婆婆家已經有六年了，之前婆婆家也換過很多菲傭、印傭，但是只有 Lenny 最訓練有素，各方面都能滿足婆婆挑剔的要求。如今眼看著兩年為限的合約期又要到了，Lenny 已經說過這次要回菲律賓，不再做了，畢竟她已經二十七歲，到了婚嫁的年齡。

婆婆一直旁敲側擊地想挽留 Lenny，但都被堅決地拒絕了。老人自尊心似乎受到巨大傷害，就不停地唸叨：「對她這麼好，留她在這裏幹了六年，把她像家人一樣對待，現在想走就走了，根本就不和你商量。」

在香港，僱主、家傭們通常主僕關係分得很清楚，家傭很清楚自己的身分，並不願意跟僱主有過多感情上的瓜葛，所以婆婆似乎有些越界了，這可不像她一貫的風格。

掐指算起來，還有兩個月 Lenny 就要離開了，而新的家傭目前還沒有著落。這些事情北雁著急也沒用，畢竟在這個家是婆婆說了算。如果婆婆沒有開始著手規劃，那北雁也只有乾著急的份兒，頂多只能讓劉亦去催催婆婆。

Lenny 給「小青豆」換完尿布就出去了。陽光灑在大床上、灑在小傢伙的身體上，一股奶香味瀰漫在屋子裏。北雁明白自己多想無益，還是盡量去體味生活中的美好吧！

時間總如白駒過隙。

兩個月後，Lenny 已走，婆婆去僱傭中介公司看了許多個家傭，不是嫌棄人長得醜，就是擔心家務經驗不夠。處處拿 Lenny 來比照，怎麼挑都沒有一個滿意的。沒有家傭，照顧「小青豆」基本上就成了北雁的事。婆婆負責買菜做飯、一日三餐；公公正好退休了，就負責打掃衛生，接送芊芊；劉亦放工回來也會照料芊芊，然後抽時間去洗洗衣物。說起來人人都有分工，但北雁這份活，卻是最累最苦的。

這天中午，剛餵完「小青豆」哄他睡著，北雁迷迷糊糊地也睜不開眼了。突然，婆婆的聲音很刺耳地在客廳響起來：「我的玉鐲怎麼不見了？誰拿走了？誰偷走了？！」

這是要鬧哪齣呢？劉亦上班不在家，家裏只有自己和公公，北雁不想出去接話。婆婆畢竟上歲數了，最近好像越來越愛忘事，常常就有東西不見，其實是她自己放忘了。

晚上，劉亦比平時早了半個小時就回到了家。抱著「小青豆」親了又親，又玩兒了一會兒後，劉亦坐在了北雁身邊，表情很凝重的樣子。

北雁不由得問：「你有什麼話要說吧？」

每當要帶來壞消息的時候，他就是這副表情和神態。

「北雁，我想問你，你有沒有看見媽媽的手鐲啊？」

手鐲？哦，北雁想起來了，今天白天，婆婆在外屋嚷嚷了半天，難道是懷疑自己拿了她的手鐲嗎？想到這兒，北雁渾身的血衝上了頭。

「北雁你別誤會，媽媽只是問你有沒有看見？」見北雁臉色驟變，劉亦連忙解釋。

「誤會？她讓你來問我，那她為什麼不懷疑是 Lenny 拿走了？還有那些來修理電器的工人？」

北雁一陣冷笑，湧上頭的血退落下去，只覺得渾身發涼，一陣陣寒意襲來。

婆婆的無端懷疑已經讓人生氣，劉亦，自己的老公，竟然也一起來質問自己，這簡直是莫大的人格侮辱。

「好了，沒事、沒事啦……」

劉亦息事寧人地說：「我們不要吵醒了 BB 。」

當晚一夜無語，但整個事情就像一個鐵疙瘩，雖被北雁強咽下去，它卻依然硬生生地卡在心頭。

玉鐲事件以後，雖然婆婆不再提，但是北雁也知道，很可能是被 Lenny 順走了。她在這裏時間久了，家裏的一切都瞭如指掌，臨走雖然有當月近四千元的薪水，有六、七千的長期服務金，還有一點補助，相加有一萬多港幣，但也架不住掰指一算，回菲律賓後的各種開銷和負擔，所以難免有臨走撈一把的心態。

後來北雁才知道婆婆還悄悄地去報了警，但是人都已經高飛遠走了，難不成警察還跑到菲律賓去把她抓個現行？所以警察也就是記錄在案，在入境處將 Lenny 列入黑名單了事。

每當想起婆婆對自己曾起過疑心，北雁都如哽在喉，而且因為婆婆拖拖拉拉一直沒找好家傭，自己白天夜晚都要照顧「小青豆」，每天腰酸背痛、嚴重缺乏睡眠，北雁心情簡直是糟透了。最近對劉亦也懶得再說什麼了，一個男人只知道在那裏和稀泥，該堅持原則的時候沒有原則，該保護妻子的時候不出來保護妻子，自己還能指望他做什麼呢？

於是有一天北雁突然就無端端地開始流淚、難過，悲傷總是一陣一陣地湧上心頭。

她知道，產後抑鬱症正向她襲來……

第五章

最美還是初見時

八年前，北京。一個寒冷的冬日。

北雁頂著寒風，來到了人民大會堂前。抬頭向上望去，數十級台階莊重地鋪排在自己眼前，她不由得攥緊了手中那張印有「人民大會堂邀請函」字樣的燙金請柬，一級一級地往上邁步。

門口全身武裝的警衛一臉嚴肅地接過了北雁的邀請函，認真確認之後，就做了一個可以進入的手勢。雖説北雁來這裏開各種會議不下數十次了，但在這些一板一眼的士兵面前，每次都消除不了緊張感。北雁趕緊去過了安檢，然後進入到一樓大廳，這才舒了口氣。

坐著電梯很快就上到了二樓，再右轉，就到了湖南廳。一同從電梯上來的幾個年輕同行，出來之後一起嘀咕應該往左還是往右走？及至看到北雁堅定不移的腳步，便不再作聲，只悄悄地跟了上來。北雁並不理會這些「小朋友」，作為一個從業五年的新聞記者，自己不僅在媒體行業建立了一定知名度，手上掌握了不少資源，並且還被圈內外貌協會的人評為新聞界「十朵金花」之一，所以難免有點自傲。

此時，北雁身著束腰棕紅色大衣、腳上一雙褐色高筒皮靴，輕盈地走進了大會堂湖南廳。就像一粒石子丟進了平靜的水面，激起了徐徐的波瀾。遠遠地，北雁就看見有幾排座位上都伸出了手，熱情地揮動著，招呼北雁坐在自己旁邊。要知道每次的新聞發佈會，也是這些同行們聚會聊天八卦聯誼的良機呢！

北雁微笑著，向招手的人們都點點頭，還是選了一個最靠門邊的座位坐下了。雖然今天這個會議很重要，是政府機構的一個部門負責人出來解讀一項國家最新政策，但是北雁並不打算提問，所以，她刻意不坐在醒目的位置上。

拖拖拉拉在預定的時間過去十五分鐘後，信息產業部的一位司長，也是這次會議最重要的嘉賓才露面。都說是時勢造人，確實不假。本來這位女司長在一個枯燥的崗位上幹了十幾年，一直寂寂無聞，突然一天就成為媒體的焦點，名字頻頻見諸報端。原因是信息產業近年在中國得到快速發展，作為行業管理部門的主管，位置就隨之顯要起來。所以，這位司長也逐漸變得高調起來，不僅成為各種會議的主要演講嘉賓，成為政策的權威詮釋者，另外，也是各位互聯網大佬的座上賓。

連大佬們都敬讓三分的人，對待媒體漸漸地就有了幾分倨傲。

北雁曾經為這位司長做過一次專訪。專訪後北雁將寫好的稿件拿給司長審核，司長將文章改得文理不通、面目全非，氣得北雁直拍桌子。所以北雁對這位嘉賓並沒有什麼好感，而在同行中，大家在紙面上吹捧之餘，也時常在背後議論這位司長水平太差，有時甚至連專業的常識都搞錯。

會議終於開始了，工作人員把大廳的幾扇大門逐一關上。主持人還在介紹台上的嘉賓，北雁就瞥見身旁的大門又悄悄開了一個縫，一個女孩子噌地躥過來，一屁股坐在了自己的身邊。剛坐下兩分鐘，那個女孩子就轉臉問北雁：「哎，這是環渤海開發區研討會嗎？」

北雁轉過頭定睛一看，咦？這不是眼下正當紅的那位電視節目主持人嗎？北雁就笑著衝她搖搖頭。「走錯地方了」，那個女主持人尷尬地衝北雁笑笑，就又「噌」的一聲開門出去了。

不一會兒，隱隱感覺到右邊的門又開了，一個身影「噌」地又湊了過來。這次又是哪位大神呢！北雁斜眼一瞧：喲，這次是一個帥哥呢！

只見這位帥哥在北京零下八度的天氣裏，內穿襯衣外套一件薄夾克，雖然五官標緻，但是顯然在外面被凍著了，臉已成了豬肝色，醬紫醬紫的。

北雁有點不可理喻地瞄了瞄對方，觸到了北雁的眼光，帥哥連忙欠欠身，又點頭又哈腰，一點沒有範兒。北雁不再理會，全神貫注地盯著會議的主講嘉賓，果不其然，這位司長又像以前一樣，在解讀國家即將出台的這個重大政策時，非常詞不達意。最後只得把文件拿出來，一字不漏地讀起來。其實作為消息靈通人士，這個文件北雁一早就拿到手了。

北雁做半休憩狀，一隻耳朵留意著會場的動靜，一隻耳朵基本上就閉上了。

終於等到了會議最後的問答環節，北雁整個人就醒過神來，全神貫注地關注著全場。

一個問題、兩個問題，身邊的那位帥哥一直舉著手。剛開始很拘謹，如小學生般地彎起胳膊肘，等到後面，就著急地把胳膊伸直伸長了，身子也快離開了座位。好像主持人再不讓他提問，就是世界末日了。

北雁在心裏想，哎喲，像這麼敬業的記者，現在可真的不多了。連自己都已經是老油條了，不用來參加會議都知道這新聞稿該怎麼寫了。

主持人終於發現了這隻高舉的手臂，用手指點了一下：「坐在最右邊的那位先生。」

於是，帥哥無比激動地站了起來。

一開口，「嘰里咕嚕」一通發問，聽著是中國話沒錯，但是北雁完全聽不明白。

會場也是一片寂靜，大家都愣住了，似乎無人聽懂他在說什麼。

看大家都沒反應，帥哥此時也是一臉難堪。他遲疑了兩秒，急中生智，用筆快速寫了一個紙條遞給北雁，北雁接過一看：哦，繁體字！迅速默唸了一遍，原來還是一個很尖銳的問題呀！

就不由地接過帥哥手中的話筒向全場大聲地說：「我替這位先生重新表述一下他的問題。這位先生想問的是，我們的政府部門現在出台這幾項政策，一方面會激勵企業積極替換新標準，但是另一方面，不同標準頻繁出台，會不會讓企業疲於應付、無所適從，會帶來更多的負面效應呢？」

顯然，這並不是個討巧的問題。但主持人場面見多了，自然也知道如何圓滑地拆解這些難題。

主持人一通敷衍，嘉賓們答非所問，場下頓時一片噓聲。

北雁心裏嘀咕：這提問的人是不是新入行的「菜鳥」呢？在這個行業混久了，大家都知道，什麼問題該問，什麼問題不該問，問了也得不到有價值的答案。這個分寸、火候其實都要把握得很好，否則得罪了自己以後經常要採訪的主管部門，就等於給自己「埋了雷」，想再打交道就沒那麼容易了。

而且，主管部門一旦有什麼重大的新聞，抱歉，也不會再通知你。

想到這裏，北雁不由得又仔細端詳了一下這位帥哥，應該說是「楞頭青」更合適。只見這人一臉茫然，似乎還沒完全明白自己一手製造的這場混亂。

為了不會再有什麼犀利的問題出來，讓領導被動，主持人適時地宣佈：「我們的新聞發佈會今天就到此結束了，謝謝大家的光臨！」

北雁抬手看了看錶，還要趕著下一場的會，於是站起身準備離開。突然，身旁的帥哥擋住了去路，微笑著用生硬的普通話說：「行家（同行），剛才，多謝你了」

北雁對他友善地笑笑，大方地說：「沒事，幫個忙而已！」

正要轉身離開，帥哥又滿臉謙恭地說著蹩腳的普通話：「我叫劉亦，這是我的名片，可不可以再聯絡你呢？」

北雁想了想，都是同行，另外也挺佩服這個人的敬業，就交換了名片。

第二天晚上，北雁躺在床上翻看手機，發現這位劉亦給自己發了好幾條信息，因為白天一直在外面採訪，所以這會兒才留意到。出於禮貌，北雁回覆信息打個招呼，沒想到劉亦的電話跟著就進來了，雖然他說話磕磕巴巴、舌頭捋不直，兩個人竟也你一言、我一語地聊了起來。

原來劉亦是香港一家報社的駐北京記者。他本是香港的本地新聞記者，但是他們的駐京記者有一位突然生了重病，北京這邊暫時找不到合適的人，報社就將他臨時派過來頂班。不過他在北京這一個月呆下來，覺得自己深深地愛上了北京。他告訴北雁自己打算申請常駐北京，只是遺憾自己的普通話不太好，所以非常希望北雁能夠幫自己渡過語言關。

「好吧！」北雁爽快地説，自己在圈內還是有一定人脈的，如果你有什麼選題我可以介紹資源。至於學習普通話，大家經常在一起多聊天，多聽，多模仿，慢慢一定會好起來的。

之後，北雁遇到了兩次比較難得的採訪機會，都通知了劉亦一起參與。本來媒體之間都在搶新聞，是競爭關係，但北雁從來就不是一個小氣的人，加上劉亦報社又屬於境外媒體，兩家讀者對象不同所以更無須多慮。

另外，北雁是個同情心泛濫的人，覺得劉亦一人漂泊在京，語言又不靈光，實在有點可憐兮兮的。對於劉亦，不禁就多了幾分關照之心。

第六章

遇險生愛

北雁對劉亦的鼎力相助，三個月後就收到了回報。

這時劉亦的普通話已經大有長進，除了有著濃厚的粵語腔，一字一句都說得明明白白了。

他在電話裏對北雁說，有一個香港的明星，要來表演駕車飛越壺口瀑布，你願不願意一起加入採訪？沒等北雁回答，又說：你來吧，我已經幫你申請到一個名額，這個名額好不容易才爭取到的。

這個活動北雁已經聽說過，因為此類表演在國內還是首次，採訪機會屬實難得。所以，北雁接完電話馬上向總編做了彙報。總編很快同意了，但也一再提醒北雁：「那邊條件很艱苦的，你一個女孩子要注意好安全。」

於是，一個暮色陰沉的下午，北雁和前去採訪的同行們一起出發了。這只採訪隊伍總共有四輛車。新華社一輛車、中央電視台一輛車、另一家媒體一輛，劉亦他們報社派出了一個攝影記者兼司機老徐，北雁就坐上了劉亦他們這輛車。

此行的目的地是陝西壺口瀑布。他們一行人從北京出發，先是沿著京石公路，再銜接石太線往山西進發，最後進入陝西。

上路後，一車人有說有笑，倒也不覺得路途漫長。只是當時在很多偏遠地區，時不時會有村民或山匪攔截過路車輛，索要過路費、強搶財物，所以隨著天色漸漸暗下來了，四輛車商量好了，為趕時間夜裏要走夜路。而接下來的這一段，恰好是在大山裏，為了以防不測，四輛車一起打起「蹦燈」，後車緊跟前車，若非必須，人不離車、盡量不停。

黑漆漆的大山裏，四野寂靜無聲，只有這四輛車紅燈閃爍，彷彿是四顆跳動的心臟，在互相鼓勵慰藉。難怪人們說，一段感情的建立，往往需要一段共同的經歷。這支採訪隊伍在出發前還是一盤散沙，眼下已經凝聚成一個肝膽相照的共同體。就這樣，一路行到凌晨一點多，他們才到達了中轉站延安縣城（市）。

城裏雖然還亮著些許燈光，但大街上空無一人，他們頗費周折地找到了之前預定好的一個旅館，大家躡手躡腳地上樓，然後就分別去就寢了。北雁和電視台的一個女記者共用一個房間，兩個人都想著第二天還有公務在身，趕緊洗漱，也沒有多聊就睡下了。

第二天早上，大家找了個早點攤吃了些陝北麵食，四輛車繼續趕路，不久又鑽到了一個山坳裏。山路難行，昨天還坐在副駕駛座的劉亦，今天靜悄悄地坐到了後座來，坐在了北雁的旁邊。北雁也不以為意，覺得這樣聊起天來也方便點。

通過這兩天接觸，北雁對劉亦的了解更多了一層。覺得這個香港人的斯文可不是裝出來的，而是從骨子裏都滲透著對人的禮貌和尊重。例如你幫他做了什麼事，無論大小，他一定要說「謝謝」；上車下車一定會先行去給北雁開門。大家去酒店食肆，他也總是積極地走在前面，幫眾人推開門，協助安置行李器材。比起自己身邊那些粗粗拉拉的大老爺們同行，劉亦宛如一股清流，讓北雁感受到一種異樣的感動和溫存。

要說對這個同齡的男人沒有興趣和好感，是不可能的。但是北雁剛剛從一段痛苦的感情中掙扎出來，她還沒做好準備投入到一段新的感情中去，所以她有點刻意地保持著與劉亦的距離。

車在山谷中蜿蜒盤行，音響裏循環放著李健那首膾炙人口的《傳奇》。看來司機老徐很喜歡這首歌，悠揚深情的旋律飄蕩了一路。北雁不由地輕輕哼唱起來：「只因為在人群中多看了你一眼，再也沒能忘掉你容顏。夢想偶然能有一天再相見，從此我開始孤單思念……」

突然，前擋風窗上一陣噼里啪啦，轉瞬間整個前玻璃就花掉了，「啊！」北雁不由得大叫了一聲。老徐則呵呵地笑著說：「不用擔心，這全是撲面而來的蝴蝶，咱們速度太快，蝴蝶躲閃不及就都貼窗戶上了，我來開下雨刷。」

「難道這是蝴蝶谷嗎？」北雁驚奇地問。

「沒錯啊，這個山谷蝴蝶聚集，山勢險峻，早就聽說過這裏了。」

劉亦話音剛落，車就發出一陣刺耳的聲音。一股巨大的力量將北雁甩到劉亦那邊……

等他們反應過來，車已急剎下來，心中「砰砰」跳的北雁慢慢地抬起頭，才發現劉亦緊緊地抱住了自己。而由於自己剛才猛烈地撞擊到劉亦，他的鼻子正在流血……

有十多年駕齡的老徐這回臉也煞白了，半天才回過神來，痛罵這路有太多急彎。北雁顧不上說話，趕緊從包裏翻出紙巾給劉亦止血，心中卻是翻江倒海。剛才那關鍵一刻，北雁發現劉亦表現得冷靜沉穩，完全不像一個文弱書生，實在令北雁刮目相看！

車終於駛出山路，馬路變得平坦，但大型運輸車又多了起來，風馳電掣地從身邊呼嘯而過，揚起一陣陣風塵。經過剛才一嚇，老徐再也不敢大意，一路小心駕駛。整個車隊則變換隊形，一輛在前開路，其他兩輛押後，讓北雁他們這輛車行在中間以策安全。

劉亦的鼻子不再流血，但卻明顯腫了起來，他像沒事一樣，和北雁繼續聊天。北雁明白，他是要消除自己險出車禍的緊張感，也要消除自己對他的內疚。

傍晚時分，四輛車終於到達了目的地——壺口瀑布。由於正值瀑布乾涸期，四處都是龜裂的黃土，飛車表演現場竟然像一片大工地，環境比大家事先預想的還要惡劣。附近唯一的一間旅店，據説已經讓那位港星和活動組委會的人全部包下了。其餘剩下幾個零散的在建樓房，只搭起了基本結構，牆都沒有，空空蕩蕩的。

飛車表演是明天開始，今晚如何休息？一行人商量來商量去，最後決定在一個在建樓房的二樓，打一個大地鋪，大家湊合一宿。男士們説完就打開行李，準備就地臥倒。北雁和電視台女記者相互看了看，兩人心有靈犀，就是不願意跟這幫哥們兒混在這大通鋪上。

「晚上我倆各自睡在車上就好了。反正明天一早，活動就要開始了，也就是幾個小時而已！」北雁和電視台女記者商量後説。

男記者們顯然不知道該不該阻攔，唯有面面相覷。

劉亦開口了：「你們女孩子自己太不安全了，不如我和老徐分別陪你們在車上吧！」

「不用不用，停車的地方距離你們就是一百米而已！」北雁堅決地拒絕。自己作為資深記者，整日南來北上，四處採訪，什麼風浪沒有經歷過？曾經在採訪一個官司時，被幾十人圍攻；還有在外出差時錢包被偷、身無分文，最後不是一樣安然歸來？！

上大學時，自己曾是一個內向敏感的女文青，但如今早已經沒有初出茅廬時的閨氣和嬌氣。眼下寧願自己一個人在車上橫躺豎臥，自由自在的。

但是劉亦卻相當堅持：「是我邀請你來參加活動，我就要對你的安全負責！」平時那麼溫和的一個人，此時口氣卻強硬無比，整個人顯得凶巴巴的。

僵持到最後，北雁無奈，只得讓劉亦陪自己上到了一輛車上，老徐在另一輛車上陪著電視台女記者。孤男寡女獨處一車，要是平時在北京城，家教頗嚴的北雁絕對不能允許這種事發生。觀念傳統的父母倘若知道了這事兒，一定會責罵自己的。

但是人在外面漂，身不由已多。特殊情況下，有些平時的矜持和規矩不得不暫時放下。

就像現在，北雁最後同意劉亦陪自己留宿車中，一行十來個同行，誰也不會多想。畢竟在這個惡劣環境下，這時候大家腦中想的都是安全第一，其他一切都是次要的了。

這一夜，黃河邊上、瀑布腳下，風聲瀟簌，寒氣沁脾。北雁安心地躺在汽車的後排座椅上。劉亦則蜷坐在前排的座位上，北雁知道，那並不是一個舒服的所在。

聊了幾句，疲倦至極的北雁就昏昏地睡去了。

她不知道，前排守候的劉亦卻一夜無眠……

就這樣，壺口採訪歸來，兩人之間有了無言的默契。也沒有什麼驚心動魄的情節和傳說中的浪漫，北雁和劉亦就逐漸走到了一起。

「快樂的日子總是短暫的。」此話一點不假。過不久，劉亦的報社因為人員調整，要將劉亦調回總部擔任要職。應該何去何從？兩個人幾番嚴肅認真地討論未來的生活，有各種擔憂和選擇的困惑。

從內心來講，北雁知道未來如果放棄北京的事業和家人，跟隨劉亦去到香港，自己勢必將多年的努力付之流水。但，戀愛中的人，感情因素總是勝過了一切……

「不要再猶豫了。」北雁叫劉亦不要錯失機會：「你先回香港吧，等我們將來結婚拿到單程證，再看情況決定在哪裏生活。」

一年多後，他們結婚了。

蜜月期後，芊芊出生了。

由於香港政府規定與香港人結婚的伴侶，須要排隊輪候才能獲得單程證，在此前，只能使用三個月一簽的通行證，所以北雁在香港生下芊芊後，依舊將芊芊帶回北京與父母一起生活。劉亦有假期時，才能來北京團聚一下。一家人自是聚少離多。

北雁的生活也逐漸變了樣。

從愛喝咖啡愛品紅酒的高冷範兒姐，變成了啥都不講究的尋常孩子媽。不再喜歡頻繁出差、到處奔波，也不再能熬夜寫稿、拼命工作了。

等待了近五年，北雁拿到了香港身份證。終於結束了和劉亦的兩地分居生活，帶著芊芊正式移居香港。

第七章

新鄰居、新生活

香港、九龍。

維港海傍、西九龍的最南端，由填海而成的四十公頃的土地，本來是一片荒僻的所在。後來港府將這一區域重新規劃為香港文化集結地，謂之為「西九文化區」，期望從此摘掉「香港是文化沙漠」這一流傳多年的標籤。

「西九文化區」規劃宏大，建設緩慢，但是卻帶熱周邊地帶的房地產。十多年間西九龍形成了香港又一焦點商住區塊，一棟棟高樓拔地而起。

在奧運、在九龍站，這些新樓盤不僅買家中有很多內地投資者，即便是租戶，也是內地背景的人士居多。漸漸地，在這裏你聽到講普通話的時候會多於聽到粵語的時候。隨著「北漂」、「海漂」成為中國特色的社會現象，在香港，內地的移民們也開始自稱「港漂」，這個詞兒就像極合市場需要的產品，一下子就流行開來。

這是香港尤為潮濕悶熱的一天。

過了冬天，香港沒有一個叫春季的季節，只有漫長的「濕季」裹挾著潮濕和悶熱迫不及待地登場，一直要到十月以後才讓人喘口氣。

北雁終於搬進了「藍岸」。

幾個月來，她跑了很多樓盤，最後租下了這裏一個一室一廳的單位。本來這幾個小區都是大單位居多，這種小單位很少，放盤的小單位就更少了。但是一個偶然的機緣，北雁得到房源信息，過來看房，恰巧房主也是內地來港的「港漂」，大家一見如故，房主就自動給北雁降了一點租金。雖然一看房東就是不差錢的人，但是北雁還是非常感激她的好意。

一個月前，北雁和劉亦離婚了。

來到香港的這兩年多來，自己不僅要面對沒有工作、沒有朋友，語言不通的處境，還要拼命去適應丈夫的家人，忍受他們似有似無的歧視。北雁覺得自己越來越不像自己了，以前那個獨立自信的職業女性已被現實撕扯得變形。婚姻沒有給自己帶來傳説中的幸福，只有各個方面的失去，成為人生一場全面的潰敗。

北雁終於忍無可忍。不破不立，她必須要自救，即便她清楚地知道，無論如何，生活也回不到原有的軌道了。

由於兩人名下沒有多少資產，所以財產分割方面，很輕易地就達成了協議。北雁放棄了撫養權，忍痛留下了剛滿一歲的「小青豆」，只帶走了芊芊。劉亦則需按月支付贍養費給北雁和芊芊。

劉亦一萬個不想離婚。他對北雁心懷愧疚，結婚這麼多年了，事與願違，直至今天他也沒讓北雁過上承諾中的幸福生活。以後北雁一個人帶著芊芊，他有各種各樣的擔心，但是現實既如此，他又能怎麼辦呢？北雁那麼堅決地要分手，無論他如何哀求都挽留不住，何況自己還有來自媽媽的壓力。所以他只能黯然地接受這一切，誰讓自己是一個無能的男人呢？自己的責任感和力量在強勢的媽媽面前，總是那麼不堪一擊。

說到母親，劉亦也知道，那一天得知北雁真的下決心要離婚，媽媽的心裏也是一陣糾結的。她作為婆婆，雖然對媳婦要求嚴了點，有時嘴上也不太好，但是，她的性格一向強勢，家裏的兩個大男人都已經習慣事事聽從於她，處處遷就著她了。而她，幾十年來已經習慣這樣了。北雁這個兒媳來香港定居後，家裏原有的平衡與和諧就被打破了，她自然是接受不了的。

她想不通：這個家花費了自己畢生心血，自己就這麼一個兒子，等到和老公百年之後，所有的這一切，還不是都留給了這個兒媳婦嗎？她為什麼就不能現在多忍讓自己一點呢？

既然北雁提出了要離婚，作為長輩也不想去低頭挽留。如果讓自己低三下四求她，那以後就再也樹不起威信，所以寧願魚死網破了。

反正，「小青豆」留在了這個家。

北雁打開窗戶，「呼啦」，大把的陽光迫不及待地灑了進來。她盯住地上的窗格影子，突發奇想，迎著光舉起手，手指的影子快樂地在窗格形成的「琴鍵」上來回跳動著。

這裏的一切都乾淨而敞亮，令她不願想起從前，在陳舊的港島樓群中那壓抑黯淡的生活。

她找出兩塊抹布做清潔。正擦著窗戶，隔壁鄰近的窗戶裏突然伸出一個人頭。一個剪著短髮的大眼女子衝北雁揮揮手，用標準的普通話打招呼：「你好！你是新搬來的呀？」

「是的！」北雁有點兒意外，但馬上微笑著點點頭。

不一會兒這位大眼妹就趿拉著拖鞋，「當當當」地來敲門，然後不請自入了。

「你是哪兒來的呀？我是北京過來的。」大眼妹嗓門也很大。

「哦！我也是北京的。」北雁含笑回答。

然後從還打著包的袋子裏好不容易地找到了茶壺茶杯，請這位鄰居坐在只有二人座的沙發上，又找到父母前一段托人從北京帶來的茉莉花茶，沏上一壺，然後拉開一張椅子在她的對面坐下。

「咱們有緣呀，叫我 Carmen 吧，我就住在隔壁，1301 的。你有沒有孩子呀？我女兒今年十歲了。你老公呢？」Carmen 連珠炮似地向北雁發問。

起初北雁有些小小的不適應。和香港人處久了，已經習慣了他們強烈的隱私意識，輕易不會去打探別人的家庭狀況和私事。不過很快北雁就釋然了，Carmen 顯然就是這類人，大大咧咧到不拘小節，但是卻有一種魔力使你接受她，還變得和她一樣。和她聊天，北雁覺得前所未有地放鬆。

了解到北雁是剛剛離婚的單身母親，而且目前還處於無業狀態，Carmen 不禁面露同情。一轉眼又興高采烈地說：「那你搬到我們這裏就對了，我們小區很多都是港漂大陸媽媽，大家都非常友好。你先安頓下來，再慢慢找找看有沒有什麼工作機會吧。我呢，就不想找工作啦，因為老公的收入足夠全家用了，我每天就是管理一下工人，管理一下孩子的功課，所以大部分時間都是很閒的。」

停了一下，Carmen 又想起什麼，快人快語地說：「要不你也來參加我們那個瑜伽班吧，這裏會所的花樣可多了，媽媽們基本上都在那兒練瑜伽，我們還打算組織一個跳舞班呢……」說著，Carmen 突然意識到什麼，又尷尬地笑著說：「嘿嘿，沒關係，等將來你有時間了再和我們一起玩兒吧。」

北雁還是笑著點點頭，雖說自己一向要強，但面對

Carmen，她並不想那麼要面子了。她覺得 Carmen 是一個簡單透明的人，很合自己的胃口，真的有點一見如故的感覺呢。

在 Carmen 的介紹下，北雁很快就把這個小區的情況搞清楚了。這裏內地背景的港漂住戶比香港本地人還多。小區雖然位處九龍，但是與中環之間，交通相當便利，坐地鐵是一站直達，所以很多在中環上班的金融業精英都選擇了在這裏安家。另外還有一類住戶是移民來香港的富裕階層，很多家庭老公在內地做生意，太太則帶著孩子在這邊居住上學，陪太子太女讀書。孩子們去上學了，家務全部都有來自菲律賓、印尼的家傭包攬，所以太太們就有足夠的時間在一起八卦、聊天，還可以一起打麻將、學跳舞、練瑜伽來活躍生活、填補空白。

港漂們聚集而居還有一個重大的好處，就是孩子們可以找到玩伴。這些孩子大多不會説粵語，要想和香港本土的孩子們打成一片，語言已成障礙。但是港漂家庭的孩子們在小區裏卻能找到一大群同樣背景的小夥伴，如此孩子們初到香港就可以迅速正常社交，一起遊戲，一起讀書，一起開生日會。孩子們快樂媽媽們才可以「嗨」起來，無形中給港漂家庭帶來了額外的精神福利。

北雁從沙發後的落地窗望下去，正好可以看到一群孩子在樓下的小小遊樂場，你追我趕地跑來跑去。她抿了一口茶水，然後心滿意足地對 Carmen 說：「看來我真是幸運，無頭蒼蠅一樣就撞到了這裏。」

「放心吧，你有什麼需要幫忙的，只管招呼一聲。」Carmen 也慷慨地說。

「哎呀！我該走了，工人姐姐該到處找我了……」沒等北雁回答，Carmen 就急急地起身。一邊往外走，一邊又突然回頭，神秘地對北雁說：「差點忘了告訴你，你對面的那個鄰居也是上個星期剛剛搬來的。不過，她看起來可沒你這麼好相處啊。」

第八章

刺破真相

此刻，蔚然正頹然地坐在她們的對門——1304 房的沙發上，默默地流淚。

她從來沒有想到過，自己一直運籌帷幄、計劃到每一步的美好生活，會突然間被一個鋭刺扎破，頃刻間一切就化為烏有。她甚至很後悔，自己為什麼非要那麼敏感、那麼固執，非要揪出生活那溫情脈脈後的冰冷真相。在過去的兩個月裏，她就像一個沒有理智的小女孩，一定要抓住那隻傳説中的兔子，直至她終於抓住了牠，卻又不能承受牠的醜陋。

「假如生活欺騙了妳，不要悲傷、不要嘆氣！相信吧，憂鬱的日子終會離去，快樂的日子總會來臨……」

她心中默唸起普希金的詩句，這首她從中學時代就反覆吟誦、深受鼓舞的詩句。這首詩，曾陪伴她度過人生最艱難的高考、找工作、考公務員等等特殊時刻，讓她一次次地從沉淪中奮起。

但是，這一次，這首指導了她半生的詩已經拯救不了她了，因為這次的打擊對她是徹骨的，是人生的一個大意外。

來到香港的前半年，一切都是新鮮的，蔚然彷彿變成了和臭臭一樣懵懂無知的小孩，處處都要依賴和詢問謝夏。謝夏雖然身居副總之職，工作忙得團團轉，但還是竭盡全力引導著他們上路。去哪裏買菜、如何辦八達通、選哪家公司的無線網絡……等等，好在蔚然是個利落人兒，很快就能獨立自主，就連最難搞的粵語也能聽個七七八八了。

大半年後，生活的大框架已定，內容便愈加走向深入。

香港分行的氛圍和總行很不相同，因為除了幾位大老闆，大家都是大開間辦公，所以很難在辦公室隨便聊天閒談。雖然玻璃幕牆外就是中環無敵全海景，但人人一坐下來都是死死盯住眼前的電腦屏，日常的工作、客戶、領導的電郵、會議通知一會一個蹦出來，令人忙忙碌碌，一眨眼就是半天。

累了，去趟洗手間、茶水間，調整五分鐘。到了午飯時間，這才可以稍微鬆心，大聲說笑幾句，找回人間的感覺。

蔚然漸漸適應了香港分行的快節奏，還在公司處了兩個要好的閨蜜。有人說過，女人將同事處成閨蜜是相當危險的，不過蔚然卻不以為然。只是有意無意間，在茶水間聽到她們議論公司的一位美女，每當蔚然問起卻閃爍其詞，引得蔚然頓生疑竇。

當雜亂無序的生活進入軌道後，蔚然也能夠靜下心來，恢復了從前的耳聰目明。漸漸地，她覺察到那個引發公司上下都在八卦的傳聞和自己有關，和謝夏有關！

蔚然本就是個有點偏執的人，凡事喜歡尋根究底，還眼睛裏揉不得沙子。這次事關自身，更是不遺餘力地挖掘事情真相。在使盡各種招數調查打探後，整個事件漸漸浮出了水面，一切都是從號稱「本行之花」的 Jessie 開始的。

Jessie，眉清目秀，身材姣好，出生於南方的一個縣級小城。本來她大學在內地只讀了二本，但因為英語成績很突出，在面試時也表現不俗，所以申請到了香港一間大學的碩士學位。畢業以後，通過一個行將退休的遠房高官親戚的運作，Jessie 踏入了這家中資大行。

如果把行裏的美女們拉出來排排隊，Jessie 絕對排不上前三，但為何只有她被封為「行花」？這和一個人的作派和活躍度密切相關。

在香港，走出校門能進入中資金融機構呆下來的，大多是有點關係背景的人。行裏數得著的幾位美女，多是家境優越、非富即貴的大小姐出生，幾乎都是出國讀了幾年書，畢業後就被安排進了香港金融圈，一路順風順水的她們能力或高或低，卻有一個共同點，就是從來不會迎合他人，親近領導。

而 Jessie 與她們不同，她出生於一個底層家庭，但卻有一個表叔身居社會上層，從小她就聽整個家族的人以萬般仰慕的語氣八卦表叔一家的雞零狗碎，什麼表叔家住的大院有幾個打穀場大，門口有一個班的警衛把守，兩個廚師一個擅長南方菜，一個專做北方麵食，等等。這些添油加醋的描述，深深影響和刺痛了 Jessie，她經常在腦海中想像著表叔一家的生活畫面，雖然無緣見到表叔，但她卻想要和他的子女一樣的生活。所以還是十三、四歲的小姑娘時，Jessie 就認識到自己要跳出原生家庭，跳出命運給她劃定的藩籬。

她一直都很進取，這已成為她的人生態度。畢業時輾轉託到表叔幫忙找工作，據所託的親戚說，表叔很滿意她的履歷，還說家族中很多孩子不爭氣，自己想照拂也沒有辦法。表叔在幫她進了這家銀行後就正式退休了，Jessie 明白，自己唯一一個通向上層社會的鏈條就此斷了。

好在她已經小荷初露尖尖角，浮出了人海，但她還要站得更高，要尋求新的上升通道。所以她在行裏異常活躍，每一個露臉的活動都不落下。除了在自己部門，公關部、總裁辦都經常能見到她的身影。她開朗大方，主動親和，近兩年全香港分行的公司年會都是由她主持。她猶如一顆耀眼的明星，行裏行外都是男人們追捧的女神。

但她只盯上了謝夏。這個年輕的副行長一表人才，孤身一人來到香港赴任。這難道不是個絕好的機會嗎？

借由工作上的事由，她很輕易地加了謝夏的微信。她實在太感激微信的發明人了，正是因為有了微信，很多曲折的事變坦途，難堪的事變自然，不可能變成了可能。最主要的是人與人之間的套磁，變得直接而有效了。

她先是選擇在晚上十點以後發微信，由工作上的事説起，説完工作再感謝領導的關心支持，然後似乎不經意地透露一點自己的私人生活。像謝夏這樣的身份，公務應酬很多，但在香港大家通常不喝白酒，所以不會在外面耗得太晚。回到宿舍，這個時間一個人應該已經沖洗完畢，癱倒在床，正是身心全面放鬆的時段，也是卸下偽裝呈現真實自我的時刻，如果要趁虛而入，此刻就是虛啊。

微信上交流得多了，慢慢地，兩人似乎成了熟人，但也僅是微信上的熟人，會聊一點喜歡的餐廳，香港的風土人情啥的。但真的在公司見到，謝夏還是很疏離的，頂多是點個頭，似乎和微信上是兩個「他」。這讓 Jessie 很犯難，她想進一步，不想維持這種耗費時間生命的沒電狀態。

她先是設法調整了工作崗位，新的辦公桌斜對著謝夏辦公室的房門，如果開著門，對方抬頭低頭都能看見她。接著，她和謝夏的秘書成了最好的朋友，借此，她可以掌握到謝夏的大部分行蹤。

但是，這個謝夏，並不像一般的男人，一撩就上道，他始終和自己在微信上有稍許曖昧，在公司卻永遠保持著距離，冷靜而傲慢。

幾個月後，Jessie 開始有點憤怒了，雖然謝夏並未碰過她一根手指頭，但她就是覺得被人羞愧地玩弄了。恰好聽謝夏秘書說自己的老闆要出差，Jessie 就頗費心思地探得謝夏出差的時間和酒店房間。

拿到情報，她不假思索地訂了機票。她要主動出擊了，她曾經偽裝成一個含蓄被動的女孩，其實這從來不是她的風格。

夜晚，十一點後。謝夏忙碌了一天，已經在酒店房間裏準備就寢，忽然就聽到了門鈴響，「先生，給您送點東西。」好像是服務員在門外說話。他有些奇怪地開了門，卻立刻驚住了：「怎麼是你？！」

一雙嫵媚多情的眼睛投射過來兩道迷離的目光，人到中年的謝夏不禁有些慌亂了。

是的，他會在一些比較個人的場合很應景地和屬下偶爾曖昧一下，但非分之想只是想想，從來不敢身體力行。一方面，他是一個對自己有要求的人，也擅於約束自己；另一方面，在這個女多男少的行業中，男高管是珍稀動物，是被「圍獵」的對象，時常遇到各種秋波暗送、言語挑逗，為了避免是非和授人以柄，男人們反而會更加注意和下屬間的距離和分寸，畢竟，自己已不是荷爾蒙泛濫的年紀了，事業比紅顏重要啊！

但是這一次，顯然遇到了對手。現在的小姑娘早不是自己學生時代天真無邪的女同學，一個比一個有手段有心機。他其實早已意識到這個女下屬的意圖，也覺得這是個難纏的女人，所以從開始就在內心設了防。但是，此時此刻，望著那雙閃爍著狂野和誘惑的眼睛，他的心驀地柔軟下來……

儘管他知道，此後也許是萬丈深淵。

還是那句老話，世上無不透風之牆。一段關係一旦開始了，即使其中一方某一刻想收手，但只要另一方不罷休，雙方就會陷入持續的糾纏。這個過程中，總有各種蛛絲馬跡讓人捕捉到，並被人們不斷地拿來驗證流言和猜想。

那天，得知真相的那一刻，蔚然徹底崩潰了。曾經聽過很多故事，看過很多電視劇，經常為劇中被老公背叛的女主角生氣流淚，沒想到現實是這樣殘酷，原來人人都可能是那個悲催的女主角的……

但是，但是，這個背叛的男人不應該是謝夏啊！她了解他，出生寒微，毫無背景，在貴胄雲集的金融圈裏如今能出人頭地，他是格外地珍惜自己的羽翼。以前他還多次嘲笑那些栽在石榴裙下的同僚，為什麼輪到自己，就不清醒了呢？！

謝夏也不知道自己為什麼那一刻就意志動搖了，雖說自己此生最愛的人還是自己，但他也從未想過要背叛蔚然。女人結婚生子，生命因而變得多元，而大多數男人在變成真正的老年人之前，是沒有所謂成熟的中年，他們即使擁有了成熟的外表，可是骨子裏，還是一個容易衝動、時時脆弱，需要女人來肯定自己的稚嫩少年。他其實離不開蔚然，需要蔚然給予他的這個家，給他人生的安全感。

蔚然看得出，謝夏是真心後悔，他已表態和女方「斬纜」，並表示堅決不離婚後，蔚然決定帶臭臭暫時搬出來分居，雙方先平靜一段再且行且看。整個事件臭臭還蒙在鼓裏，他們只告訴她為了她上學方便搬來九龍，媽媽帶她先過來住，爸爸因為工作原因要遲一些住過來。

如今她從最初狂風暴雨般的激憤中稍微冷靜下來，一方面恨著謝夏的出軌，恨著那個沒有廉恥的小三，不，她連小三都算不上；另一方面，她又擔心謝夏能否真正「擺平」這件事，這一全行皆知的「桃色事件」會否影響謝夏的前程。以前總看不起那些明星的老婆，老公出了軌，自己非但不敢聲討老公，還要站出來替老公洗白，如今自己也是不相上下了。身為人妻，又如何能像情人一樣瀟灑呢！

分居兩個星期以來，平時在公司上班忙起來還好，可是一到今天這種週末，一早謝夏接了臭臭去爬山，以往的甜蜜三人行變成了自己孤零零一個人，蔚然不由地又悲從心中起，感嘆自己人到中年，原以為一眼可以看到盡頭的美滿人生，竟這樣突生變故。

自己一向是個最喜歡也最善於做計劃的人，但這一次，一切都是計劃外，生生地被打了個措手不及。

第九章

走還是留？

一大早，北雁背著一個特大號的環保袋趕往地鐵站。在「藍岸」安頓下來後，給芊芊申請小學已是迫在眉睫。環保袋裏裝了四個北雁精心準備的文件夾，裏面包含了芊芊的朗誦、舞蹈獲獎證書、幼稚園的成績表、參加慈善活動、街頭「賣旗」的活動證明⋯⋯

北雁計算好時間，一個上午要將這些材料分別送到選定的四間心儀的學校。雖然時間緊，但是以港鐵的高效和便利，相信一定可以順利達成。

進入地鐵站，「嘟」一下八達通卡入了閘，從長長的扶手電梯一直向下，兩邊牆上五顏六色的海報撲面而來，香港近日的電影資訊、藝術展覽、商品打折、美容化妝新品⋯⋯林林總總，信息量不亞於一份報紙的廣告。

下了扶梯走到月台上，一輛列車剛剛關上車門，北雁正有些懊惱，站台上方的電子屏已在顯示，下一班車兩分鐘以後即到。北雁鬆了口氣，看到有人已經在月台上排隊，趕緊跟了上去。

「排隊」，北雁深深地體會到，這兩個字已經融入到了香港人的血液裏。

香港人從一出生，就生活在一個排隊的社會裏，大到申請政府公屋居屋、醫院看診手術，小到吃飯飲茶、購物買單、去洗手間、等巴士，等等，排隊這個習慣使得香港即使人口密集、資源緊張，但也處處秩序井然。插隊「打尖」的行為，最為社會公德不容，所以在香港少有發生。

前兩天北雁帶芊芊去參加一個露天圖書展。到會場一瞧，人頭攢動不説，排隊付款的人流整整繞了會場三圈。「等排到了怎麼也要一個鐘吧！」北雁想想就心生畏懼，但是拗不過芊芊執意要買書，選好一筐書之後母女倆也排進了隊伍裏。北雁環顧左右，前有推著 BB 車的媽媽，後有白髮蒼蒼的老人家，所有人都安然若素、心態平和地排在隊伍中。看著別人的沉著耐心，北雁不禁為自己的焦躁感到一些慚愧。

説來奇怪，雖然排隊人龍看似漫長，但是因為人人守序，竟然出奇高效，沒多久母女倆就買了單。

下一班車轉眼已到。人們嚴格遵循先下後上的原則，沒有人一擁而上、也沒有人堵住車門。此刻，正值早上上

Ai 繪制

班高峰期，車廂裏的人滿滿當當，但是仍然很安靜，只聽到車輪行駛發出的「鐺鐺」聲。

行至旺角站，車廂上完人後，列車突然沒了動靜。

車廂裏的廣播適時地響起：「很抱歉地通知大家，由於列車故障，請大家離開車廂，轉乘下一班列車……」

北雁不由地又著急起來，第一次遭遇到港鐵事故，她看看車廂內外黑壓壓的人群，心想這大量的人流該怎麼疏散呢？

跟隨著眾人的腳步，北雁漸漸看出端倪，所有人走出車廂後即在站台重新排上了隊。故障車開走，又一列車轉眼即至，人們又重新順序上車，這列車人上滿了，後面長長的人龍就繼續排隊等待。沒有抱怨沒有爭搶，整個過程波瀾不驚。

身處車廂裏的北雁，又一次感觸起來。

生存還是毀滅？是哈姆雷特面臨的選擇；回北京還是留香港？是離婚以來北雁一直思索的問題。

這些日子，北雁逐漸發現，自己遠沒有想像中堅強。雖然離婚是深思熟慮後義無反顧的選擇，但思念總像一件裹身的舊外套，充滿了熟悉的味道，想甩甩不掉。夜深人靜時，時時襲來的念頭讓她夜不能寐，她想念小兒子、想念和劉亦曾有的甜蜜過去，一夜未央，淚水幾次打濕了枕巾。

連著幾個夜晚的失眠，北雁思考著自己要不要離開這個傷心之地，離開這個讓自己充滿人生挫敗感的城市，回到北京，回到父母身邊。那裏不但有家人的溫暖和支持，甚至可以重尋自己在事業上的榮耀和成就。

但是父母年事已高，身體各部分「零件」問題不少，北雁害怕自己離婚的壞消息會擊倒他們。能拖多久就拖多久吧，她總是想。就像小學時，偶爾考了一次不及格，試卷就藏在書包深處，膽怯著遲遲不敢拿出來面對父母。

還有一個更大的困擾，就是芊芊馬上就要升讀小學。孩子已經習慣了這邊的生活環境和教育模式，回到北京一定諸多不適應，更何況沒有戶籍，有沒有學上還是未知數。

周圍認識的港漂，初來乍到香港，都是一肚子抱怨，嫌棄這裏住房狹小、街道擁擠、物價貴絕全球，生活壓力大如山。但是一段時間以後，很多人又會發現香港的另一張面孔，體會到這裏交通便利、食品安全度高、公共設施周全、政府部門服務態度好，更會看到大多數香港市民素質都很高，慈善捐款、扶弱濟貧一向積極踴躍，從不用做思想工作。

北雁在北京認識的一位媒體同行大姐，在被派駐香港工作幾年後，放棄了回總部的升職機會，要求留在香港續任。「香港生活便利，萬事不求人，住習慣了就不想離開了！」大姐笑著告訴北雁。

北雁深有同感，來香港後，雖然自己的小家出現各種矛盾和不快，但是外在的環境卻是令人稱道的。就好像剛剛遭遇的港鐵事故，即使出了問題也可以處變不驚，無需太多擔憂。這是一個有安全感的城市，是北雁日後作為一個單親母親，尤為看重的一點。

來香港的第一年，整日無所事事、在家與婆婆四目相對，這令北雁極不自在。她和劉亦提出想系統地去學一下廣東話，也想借此避開婆婆。劉亦倒是很放在心上，很快給她介紹了一個附近教會舉辦的粵語學習班。

可能是因為香港的新移民越來越多，很多教會組織、公益機構都開始辦這種培訓班，老師們都是義工，很有耐心地自撰教材，還會帶學員們親臨街市、公園等地方，實景練習口語對話，當然有時也會向新移民們灌輸一點宗教觀念。

才學了不久，北雁就覺得廣東話和普通話像是兩個語系，語言能力不算強的自己完全無法精準地掌握各個發音，自信心大受打擊。

同一個小組裏有一個湖南妹子李小華，是那期新移民學員中學得最好、進步最快的。北雁想向小華取經，就和她多聊了幾次。這才了解到小華在深圳打工時，認識了在附近粵菜館當大廚的香港老公。婚後兩人很快有了孩子，變成了幸福的一家三口並且遷回了香港。誰知道意外總是從天而降。一天，小華老公在上班的途中騎摩托出了車禍，送到醫院已經不治，美好家庭就這樣毀於一旦。

對於小華這樣缺失經濟支柱的家庭，政府可以施以援手，每月發放四千多元的綜援金，但是很多香港人出於自尊並不願靠綜援生活，要強的小華更是如此。

「我必須學好廣東話才能出去搵食、找工作，我們不能一輩子靠政府救濟過日子。」小華對北雁説。

小華的堅強當時深深地打動了北雁。雖然學習結束後再沒有見過她，但是最近每當北雁對未來有所擔憂時，腦海裏總是浮現出小華的身影，以及她所説的話。「小華也是一個弱女子，我們一樣面對困境，一樣必須為母則剛，小華能做到的，我也一樣可以。」

北雁的內心也越發強大起來。

在北方城市上班，往往上午 11:30 就開始了鍋碗瓢盆叮噹作響的午飯時間，悠哉悠哉地吃完飯，很多人還可以附上個不短的午覺。而香港直到下午一點鐘，大多數打工一族的午休時段才拉開序幕，也是平靜的街面突然騷動起來的時間分界點。大大小小的食肆門口開始聚集人群，各式商鋪及時地拉開了閘門，彷彿新的一天從這一刻才真正開始。

趕在這個時間點之前，北雁總算及時地遞交了四份學校申請資料。兩間學校就在地鐵站附近，另外兩間學校卻在山上。尤其有一間學校要爬很高的坡，曲曲折折走了很久才到。但是也只有這間是九龍區的名校，今天來交申請表的家長們大排長龍、人數最多。

「好在香港的學校都有校車，孩子們不用背著沉重的書包爬山上學。」走下學校附近的大長坡後，北雁寬慰著自己。

她纖細的身影匯入了從寫字樓、地鐵站洶湧而出的人流中，一會兒就看不見了。

第十章

重返職場

隨著九月份芊芊順利升讀了小學一年級，北雁開始找工作了。

每天早上送芊芊上了校車，北雁回家時就從街口報攤順手拿一份免費報紙。以前最愛的新聞和生活八卦版，現在她沒心思看了，整日只盯住各種招聘廣告。功夫不負有心人，終於一天在報紙上看到一家報館（報社）招聘新聞記者的信息。這是一家中資背景的報館，北雁覺得很適合自己，花了一整天時間精心準備好簡歷和資料，就趕緊到郵局寄了出去。

北雁對自己充滿了信心，畢竟她在這個行業裏做了這麼多年的資深記者，厚厚的一本作品集還是很有份量的。也正是籍著這份信心，她才敢離婚重新出發，在生活成本高昂的香港做個單親媽媽。

果然，三輪面試之後，很快這家報館就給北雁發了聘用通知書。高興之餘，北雁遺憾報館提供的收入待遇實在差強人意。這要是在原先，覺得和自己的才能不符，心高氣傲的北雁一定轉臉走人，但如今現實逼人，北雁也沒有東挑西揀的資本了。再者，北雁也貪圖這家報館的工作時間相對靈活，不用天天朝九晚五地打卡，這樣也便於自己照顧芊芊。

報館位於灣仔中心，整個香港島除了銅鑼灣，最繁華的就要算灣仔了。港島以銅鑼灣為界，以東的港島東區多以香港本土居民為主，而以西從灣仔、金鐘、中環一路延伸下去，就混合了各種族群和人種，其中以灣仔為甚。

灣仔靠海的一邊，軒尼詩道以北，有著名的酒吧街，不少國際機構的海外僱員，其中以歐美人為主，常來光顧。這裏街面、店面全是英文招牌，一派西式風格，夜晚的熱鬧程度堪比中環「蘭桂坊」；軒尼詩道以南，地勢漸高，陸續可見依山而建的清真教堂，錫克族神廟以及印度餐廳、泰拳館等等，東南亞地區包括印度人、泰國人、越南人、印尼人、尼泊爾人，都在灣仔熙熙攘攘、南來北往的人群中時隱時現。

這天是北雁第一天上班，她顧不上流連路上風景，一大早就急匆匆地趕到報館。

分管記者部的副總編 Judy 是個高高瘦瘦的香港女人，可能近四十歲了，身材卻 Keep 得相當好，只是面色發暗，眉毛修得過於凌厲。當北雁在 HR 同事的帶領下向她報到，她只漫不經心地瞟了北雁一眼，一點兒假裝的熱情也沒有。香港人普遍不苟言笑，無論是職場精英還是街頭小販，一概是神情嚴肅，目光冷峻，不知是否和生活壓力大有關。在 Judy 身上，還有著公司女高管常有的一種倨傲和冷漠。

緊接著，北雁見到了記者部的同事們。記者部的頭兒 Jack 也是香港人，卻是個很實在的文弱書生，和劉亦在一些方面很相似，令北雁有一種莫名的親近感。由於部門同時招進來幾個新人，Jack 召集大家開會重新分組，北雁和 Kitty，一個胖胖的香港中女分到一組，兩人負責跑企業新聞。

「Kitty 是公司的資深記者，北雁你可跟著 Kitty 多了解一下香港的採訪經驗。」Jack 對北雁說。

北雁的廣東話還不太靈光，所幸的是，在這種中資機構，儘管員工有一多半是香港本地人，但由於高層都是從內地外派而來，普通話就成了辦公語言。只有同事們私下聊天時，會用廣東話。

不過出去採訪時，廣東話就成了挺大的障礙。所以 Kitty 每天都會從自己手裏的一大堆採訪邀請中，挑出一些無關緊要的活動甩給北雁。

北雁心知肚明，卻無從抱怨。

出去做了一段時間的採訪後，北雁陷入一種巨大的落差裏，深感中港兩地的媒體在不同的體制之下，存在巨大的差別，記者們也完全是兩種境遇。

內地的媒體尤其是官方媒體，佔有稀有的話語權，記者這個職業無形中代表著一種身份、一種社會地位。

而香港媒體行業是完全市場化的，基本上是幾個大財團在背後角逐香港的電視報紙，控制輿論導向。既有英文的南華早報、虎報，也有中文的信報、星島日報、東方日報、香港經濟日報等等。

「高自由度」、「高透明度」是香港媒體一直以來的自我標榜。但是資本也是有傾向性和利己的，在關鍵問題的報道上，難免也是代表資本家的觀點和立場，有選擇性地擷取事實。例如某富豪旗下的媒體，就永遠不會曝出自家大老闆的個人隱私和負面消息。

由於香港媒體行業各式中英文報章雜陳，記者編輯同樣也是華洋混雜，使得這個行業高度職業化，但入行的門檻也相對較低。如今隨著電子網絡的衝擊，香港的傳統媒體普遍面臨讀者流失、經營不佳的困局。而香港記者的生存環境也甚為不堪。

就拿北雁參加的一個會議採訪來說，時間定在臨近中午，待北雁趕到會場，參會的大佬們已經在酒店餐廳齊齊就坐。酒店用銅柱在餐桌外圍了一圈作為媒體區，供媒體記者們在外圍採訪，面對著一桌桌珍饈美饌、杯盤觥籌，記者們照舊提問、拍照，連杯水的待遇都沒有。

即使以前從劉亦身上，或多或少看到了香港媒體圈的生態，但是如今北雁才真正感受到這個行業的境況，也理解記者們要去「搏」新聞的心態。自從來香港後，北雁對於中港之間體制、文化、觀念上的不同和矛盾，已經有了太多體驗。酸甜苦辣、個中滋味，北雁都漸漸習慣接受，她知道，學習、適應、調整，是她這個港漂最好的選擇。

現在北雁雖沒了以前的養尊處優，但放低自己、全情投入工作後，她感覺自己反而更像一個真正的媒體人了。

只是自己參與的多是無關緊要的會議和採訪，所以工作了半個月，也出不到幾條稿件。沒有成績，以前在業內叱詫風雲、獲獎無數的北雁自然很難忍受。她請求 Kitty：「我們有很多內地上市公司的採訪邀請，可否多給我分配一些？」Kitty 滿口答應了。

過了一段時日，情況並未改觀，北雁在 Kitty 總是很客氣的言語後，漸漸感到了一絲不公。但鬱悶歸鬱悶，北雁還是很能忍耐的人，何況自己初來乍到，還是個新人。因此就連她自己也沒有想到，幾天後她會在辦公室怒摔電腦。

起因是北雁辦公桌上的那台電腦，運行緩慢不說，還經常用著用著就死機了。這一天，已經寫了一半的稿件，好好地存在電腦裏，北雁去了個洗手間回來就不見了。辦公室裏大家都在低頭忙碌著，北雁只有埋怨不爭氣的電腦真該淘汰了。

「Sunny 剛剛離職，你可以換她的電腦啊。」旁邊座位的同事好心地提醒北雁。

對呀，記得剛入職時，北雁就發現整個辦公室只有自己的電腦型號最舊，Jack 忙於業務工作，記者部的一些雜事都由 Kitty 幫忙協調，北雁已和 Kitty 打招呼，希望可以換個好用一些的電腦。

「現在沒有多餘的機器，只要有就換給你。」Kitty 當時很無奈的樣子。

所以這會兒北雁滿心歡喜地去問 Kitty：「我可以換 Sunny 那台電腦吧？」

不料 Kitty 面無表情地回答說：「我已經安排給新來的實習記者用了。」

什麼？！這也太欺負人了吧！北雁心中騰地躥起一團火：「我不是早早和你說過嗎？你也知道我的電腦不好用，每天寫稿都很辛苦！」

「對不起，這台電腦以前我也用過，而且應該比你們在大陸的電腦還是好些。」Kitty 依舊冷淡地說。

……

半分鐘的沉寂之後，只聽見「轟隆」一聲，北雁用力將桌上的電腦推了出去，各個器件飛落到辦公室的地毯上。

整個記者部頓時鴉雀無聲，大家都被驚呆了。

在北雁的怒目之下，Kitty 有些慌張了。同部門的小漁趕緊過來，硬是將北雁拉出了辦公室。

兩人在報館樓下的星巴克坐下，小漁過去點了兩杯卡布奇諾。

「大陸的電腦可要比這裏的先進多了，她憑什麼說大陸的就不好？」小漁一邊將咖啡端給北雁，一邊憤憤不平地說。

小漁也是香港為數越來越多的「港漂」之一，是剛剛從香港大學畢業的 Master。得益於香港近幾年推出的「優才計劃」，她和大批國內來港讀書的年輕人，畢業後只要找到工作，都可以以工作簽證留在香港。

只在香港讀了兩年書，初入社會的小漁還很單純，也不太適應香港的環境，所以她很願意和同是內地背景的北雁粘在一起，北雁也總是像姐姐一樣關照她。

「雁姐，我那天無意中聽到她們議論，說 Jack 很快會升副總編， Kitty 一直想接管記者部，可是聽說你原來的背景很深厚，獲得過業內的大獎，所以 Kitty 很緊張你會奪走飯碗呢。」小漁小心地告訴北雁。

原來如此。

雖說沒出什麼有份量的稿件，但是每天的編前會議，大家討論選題時，北雁都能提出很有新聞性的話題，對大環境和形勢的分析也相當到位，一看就有著相當的新聞採訪功底。很明顯地， Jack 對北雁欣賞有加。Kitty 本來對記者部主任的位置勢在必得，一定不希望半路殺出李北雁這個「程咬金」，所以才會處處防備甚至刁難北雁。

「無所謂，我走人好了！」北雁已經打算人事部會來炒自己的「魷魚」，可能還要起訴自己一個損壞公司財產罪吧。明明知道「衝動是魔鬼」，尤其是辦公室生存法則的大忌，但是這一次，她並不後悔。

和小漁吃完午飯回到辦公室，北雁意外地發現，一台新電腦已經放在自己的桌上，上午紛飛各處的零件全已打掃乾淨。幾天過去了，沒有人來找北雁談話，大家全都若無其事的樣子，就連 Kitty 見到北雁，也沒了咄咄逼人的氣勢。

第十一章

一灣來了

匆匆吃完午飯，北雁就趕往紅磡火車站去接一灣。一灣是北雁哥哥李達明的女兒，自己的姪女。在北京讀完大學後，在北雁的鼓勵下，一灣嘗試報考了香港中文大學的研究生，沒想到竟然順利錄取了。

自從北雁來香港定居後，父母一直說要來看看，但是北雁總想呈現出一個最好的狀態給他們，所以一拖再拖。如今又與劉亦離了婚，生活更是一地雞毛，好強的北雁寧願孤獨支撐，也不願爸媽來這裏看到自己的窘況。眼下在香港舉目無親的北雁，無比欣喜地迎接一灣的到來。

顯示牌標示著北京開來紅磡的列車已經進站，陸陸續續地，人流湧出來了，有幾對白髮的老人家格外醒目，一看就是來香港探望孩子的。果然就見幾個年輕的子女迎上去，接過行李噓寒問暖，個個臉上都是快樂明媚。終於，一灣也出現在北雁的視線中，一身牛仔衣褲，恰到好處地襯出修長的身條，又密又黑的長髮齊齊地搭在後背上，一張瓜子臉上，柳眉杏眼，標準的美女模樣，唯一的缺點就是臉上的皮膚似乎不好，臉部嘴角生了好幾個暗瘡。

「姑姑、姑姑！」一灣快速奔來，親暱地摟住北雁。一灣從小在爺爺奶奶身邊長大，對北雁這個姑姑和媽媽一樣親呢。

北雁趕緊接過拉桿箱，體貼地問：「累不累？」

哥哥嫂子的公司規模越做越大，據説最近在醞釀香港上市，所以都走不開，一灣就自己來報到了。

回到北雁的蝸居，芊芊還沒放學。一灣就在屋子裏轉了幾圈，顯然是有些意外：「姑姑，這房子也太太太……小了吧？！」

北雁無奈地笑笑，提醒一灣：「可別和爺爺奶奶八卦這些啊。」剛才在路上，北雁已經將自己離婚的事告訴了一灣，並囑咐她先不要對任何家人提起。

過了兩日，一灣就搬入了中文大學的宿舍。北雁去幫著買了些生活必需品，看到宿舍樓裏電視房、洗衣房、會客室應有盡有，條件相當優越，心裏也就放心了。雖然有點不捨一灣，但是一灣卻已經是相當獨立的大姑娘了，很有點獨闖江湖的豪氣，所以也不再囉嗦，揮揮手和嬉皮笑臉的一灣告了別。

「年輕真好！」北雁邊走邊想，自己要是能重回學生時代，也許會走出和今天不一樣的路來。首先要補償的，就是在學生時代談一場轟轟烈烈的戀愛。當年父親一道「聖旨」：大學期間不許戀愛，就讓身為乖乖女的北雁錯失了大好的時光，拒絕了好幾個校園戀情。曾經，自己還頗引以為自豪，但是在工作以後，她這個戀愛小白就深深感到失落後悔了，直到，遇到了他……

北雁不願再想下去了。哥哥嫂子電話裏再三叮囑北雁：「一灣還沒有男朋友，上學期間如果有情況，一定要幫她把好關，選好人。」

北雁明白，現代社會，對於女孩子來說，雖說「讀的好不如嫁得好」這句話有失偏頗，但是如果情路不順，人生的幸福指數一定不會高，自己就是一個最好的例證了。

中文大學的校園很大，依山傍水，美景如畫。三三兩兩的學生不時從北雁身邊走過，時不時有普通話飄入北雁耳中。自從香港回歸以來，前來讀書的內地學生不斷增長，讀完書留港就業的年輕人也越來越多。

北雁希望一灣能比自己更快適應香港，不要經歷自己曾經的艱難。聽一灣說，學校會開設粵語課程給她們，北雁就更放心了。無論去到哪裏，溝通都是第一要務，融入一個社會，語言是個關鍵的門檻。

自從來到香港，北雁就見識了不同族群生活在同一屋檐下，各自有自己的亞社群文化和活動的城市特色，西洋人也好、阿拉伯人也好、南亞裔也好，都和中國人一樣在這裏各自有一片天地，包括各種宗教如基督教、佛教、伊斯蘭教等等，也都能在這一片土地上各自發展、和諧共生。

文化的多元和包容性形成了香港的溫和「氣質」，但它也有著不那麼溫潤的另一面。因為社會體制沿襲了英式議會制，立法會獨立存在，這既讓香港更加民主自由，也使得社會總是充斥著各種聲音，凡事都難得有統一的認識，特別是牽涉到政府部門的決策，無論大事小事，都會有人跳出來反對。

就以香港民生中最嚴重的住房問題為例。在香港浮華繁榮的表面，至少有十萬人是居住在環境極其惡劣的劏房裏，在一棟棟破舊的老樓裏面，是一張張像火車車廂一樣的上下鋪。

人們生活在籠子一樣的空間裏，進門就得上床，馬桶上架一塊木板就成了臨時廚房；除了這樣的社會底層，普通年輕人即使找到了月入過萬的工作，想置業買下動輒幾百萬上千萬的住房，也是遙不可及的夢想。

如此的居住狀況，令到整個社會民怨沸騰、戾氣深重。市民們看不到希望，大地產商卻成為「食利一族」，一方面坐收漁利，一方面阻礙著香港其他產業的健康發展。

幾任政府都想走出房地產困局，試圖開發新的土地供應，但是說到使用郊野公園，有人就說破壞環境；說到啟用「大澳」，有人就說破壞漁民的集體回憶；說到「吐露港」填海，沙田區議會全票否決；說到市區重建，有人又抨擊速度慢過填海，最後說要填海再造，又有人遊行說不利於海洋生物保育……

期望有一天能有自己蝸居的北雁，真是覺得很無奈。

兩天後，恰好是香港一年一度的政府施政報告發佈，北雁一大早就和攝影記者趕到立法會。

對香港社會，這是一年一度的大事，對媒體來說，更是一年工作的重中之重，是報道中的一場「大戲」。

一個上午，媒體們長槍短炮、全力以赴地坐在地上、趴在桌上進行實時報道，很快，從港島的上環、中環、金鐘、灣仔到銅鑼灣、太古城，從尖沙嘴、油麻地到旺角、太子，香港的各個角落，寫字樓、商業區的大屏幕上紛紛開始滾動播出最新的報告內容，再到中午，內容再詳細不過的施政報告的單張「號外」已經滿大街飛揚了。

這一次報告內容很精彩，在經濟發展上，港府表示要參與「粵港澳大灣區」發展，繼續加強雙邊關係，進一步發展旅遊業，包括發展文化、古蹟、綠色及創意旅遊，並開拓多元化及高增值的客源市場。

還要啟動五億元的「科技專才培育計劃」，利用二十億元的「創科創投基金」，以配對形式，與私人風險投資基金共同投資本地創科初創企業。

土地房屋政策上，政府表示會繼續檢視不同土地供應的選項，為政府謀劃整全及長遠土地策略。

改善民生方面，還和歷年一樣側重扶助老幼，不僅提高長者的「生果金」，還會加強社區和家居照顧服務，目標將服務的輪候時間減至零，同時向「兒童發展基金」注資三億元以推出更多計劃幫助基層兒童。

頗有家底、實力雄厚的香港政府每年拿出大筆銀子投入社會、改善基層生活，按理説應該皆大歡喜，但過兩天批評的聲音卻充斥了部分媒體。一些人一邊接受著社會福利，一邊大罵政府無能。好在這種情況在香港也是司空見慣，政府部門通常也是照單全收。

紛擾的環境下，北雁只希望一灣能夠安心地在香港好好讀書。

第十二章

一次專訪

日子每天都在採訪、寫稿中度過。北雁覺得很辛苦，但也很充實。

這天，北雁去位於中環的美國銀行大廈採訪雲林照明的余老闆。

中環一帶，高樓大廈林立，所以被稱為「石屎森林」，其中最出名的就是各大機構的寫字樓了。在三四十年代，座落在這裏的匯豐銀行總行大廈是香港最高的建築，到七十年代，怡和大廈就取而代之，之後一路發展而來，貝聿銘設計的中銀香港大廈、花旗銀行大廈、長江集團中心等等陸續拔地而起。及至今天，中環一帶已參差錯落著數百棟有歷史、有故事的寫字樓及酒店。

關於中環的風水八卦也是廣為流傳。近代以來，數十年間香港金融業風生水起，各家銀行間的競爭、重組總不間斷，即便在各個大廈的風水佈局上，大家也是毫不示弱。所以，站在中環的某個高處，你若四處環顧，除了鬱鬱蔥蔥的山，還可望見中銀的三稜鋼刀，匯豐樓頂的兩門鋼炮，以及花旗銀行的禦敵刀鞘……金融大鱷們憑空上演了一場又一場的意念大戰。

說來奇怪，灣仔同中環之間不過只隔了一個金鐘，但是在灣仔似乎全是鬆鬆垮垮、游遊蕩蕩的閒人，一進入中環，畫風驟然不同，隨處可見的都是步履匆匆、西服襯衫的正裝男女，令到北雁也不禁加快了腳步。

最近入職新公司後，在 Kitty 的擠壓下，北雁不得不重拾舊有資源，聯絡上很多老關係，尤其是這幾年在香港上市的各種體制的大企業，這些企業知名度大，基本都是所在行業的前三位。在港上市後，老闆們也時常要過來香港發佈業績，談談戰略合作。

前不久北雁得悉在海內外照明市場都有相當知名度的雲林照明的佘老闆要來發佈業績，就提出給佘老闆做個專訪，對方一口答應了。

在北京時，北雁就和雲林照明的佘老闆打過幾次交道。不僅做過兩三次專訪，還受邀到佘老闆位於惠州的工廠參觀過。佘老闆雖然只是高中畢業，但卻精明強幹、志向遠大，每次面對媒體都口若懸河，將公司的未來藍圖描繪得一片光明，那股時刻準備衝入世界五百強的勁頭，給北雁留下了深刻的印象。

比約定時間早到了一會，北雁就和雲林的公關主任徐匯一起坐在會議室裏，邊聊邊恭候余老闆。

北雁作為財經記者，平時打交道最多的即是各家企業的公關負責人，他們有的圓滑世故、有的樸素實在，個人風格有時也代表了企業的風格。雲林公關主任徐匯很年輕，但卻結合了二者的特點，平時相處時非常客氣，辦事也是嚴謹認真，但是你若因此認為他簡單好唬弄，就大錯特錯了。

上海人徐匯每天要和各式各樣的記者打交道，其實也把這些記者分了類。哪一種是真正做新聞的，哪一種是打著記者的幌子來要廣告費的，還有哪一種是借著職業光環來建立人脈，日後要合作生意的……他基本一看心裏就有數了。

這些年江湖上流行一句話：「防火防盜防記者」，確實不無道理，但徐匯覺得最難對付最要防備的，其實正是李北雁這類一心挖新聞的記者。有時一個不留神，就被對方敏銳地嗅到線索，然後開始窮追不捨……，想想這些年有多少有瑕疵的企業，就這樣倒在了記者的筆下。

不過徐匯從心裏最喜歡的，也是這類記者，大家的交往純粹、職業，不摻雜任何利益。

北雁和徐匯也算是見過多次的熟人了，但是聊到雲林，徐匯就很謹慎，説話滴水不漏，令人很覺無趣。

約定的時間已經過去了十分鐘，北雁正乏悶，會議室的門突然打開了，四位西裝革履帶著墨鏡的男士魚貫而入，然後筆挺地分列門兩邊，雙手交叉全部面無表情。北雁嚇了一跳，還在詫異間，就見余老闆帶著一干人風風火火地進門來。

余老闆喝了口水，馬上配合北雁切入正題，對公司目前的經營、管理以及業績情況都做了全面介紹。在過去的一年，雲林公司在引入新的投資方洱海資本後，在全國又增設了四十家直銷門店，在管理上引進了國際最先進的6A模式，業績也走出上一年的低谷，給股東們報出了一張亮麗的成績表。

想到近幾年，不少以前採訪過的企業家，或者官司纏身、或者身陷囹圄，或者就徹底倒下了，北雁很開心看到余老闆還是這麼雄心勃勃、風采依舊。問完最後一個問題，又讓余老闆擺拍了幾張工作照，北雁就準備結束此次訪談。

沒料到，剛才還滿面春風、滔滔不絕的余老闆，盯住北雁正在合上的筆記本，突然就聲調突變，一臉嚴肅地說：「最後，我還要告訴你們，我的公司正在被一幫所謂的投資人竊奪，他們馬上要罷了我這個董事長！」

啊？！熱血湧上了北雁的頭。

轉身看到徐匯正在無奈地扭過臉去，她知道，千載難逢的獨家新聞的機會來了……

第十三章

得失之間

「雲林照明資本方逼走創始人」、「引資變為引狼入室」、「雲林總裁被迫出局」等等大幅新聞標題，一時間刷遍了香港的各大財經媒體。

著名上市公司雲林照明的爆炸性新聞經北雁獨家披露後，一下子引發連鎖效應。香港媒體紛紛跟進報道，可惜這時候余老闆已經回到內地，再也拿不到一手材料，只能將北雁的報道翻來覆去地炒「剩飯」。

緊接著，國內的媒體也陸續跟進，進一步深度挖掘，各種專家分析、學者評論紛紛上線，一波又一波。雲林的內部紛爭漸漸浮出水面，隨著新聞炒作來勢凶猛，事態本身也越演越烈。

作為旁觀者，北雁也算是了解雲林這個企業，可以說這家民營企業是余老闆白手起家一手建立的。

隨著中國房地產行業的興起，照明器材成為寫字樓和家居裝修裝飾的必備，市場規模相當可觀。余老闆帶領著雲林一路發展，又嘗試採取全國加盟連鎖模式，吸引了全國成千上萬家照明店加盟。余老闆將全國劃分為幾個大區來治理，每個大區都任命了個總經理，而這總共八個總經理都成了余老闆的拜把兄弟，個個都甘心情願地聽命於余老闆。

余老闆豪爽的個人魅力和在商界的長袖善舞，使得雲林市場佔有率節節高攀，最後令到洋品牌的市場份額也被侵蝕。恰好又趕上「中國製造」在全球崛起的時代，雲林逐漸變身為「民族品牌」的代表，各種榮譽和嘉獎接踵而來。

企業要做大，難免要上市、引進戰略投資者。很多企業對上市躍躍欲試、志在必得，但就未料到，也許有一天，哪裏來哪裏去，借來的終究要還回去。余老闆的志向很大，還要進一步擴張發展，所以必然要引進投資，於是，資金越引越多，自己的股權因此被不斷稀釋，慢慢地大股東已不是自己。隨著近兩年市場萎縮和動蕩，投資方對業績越加不滿，也不喜歡余老闆江湖大佬一般的管理方式，終於雙方摩擦到今日，開始擦槍走火。

隨後，北雁就這一現象，再次採訪余老闆和投資方，就雙方各自的立場看法寫了一系列追蹤報道，由點帶面，深入剖析，首次提出「創始人逼退現象」，在社會上引起強烈反響。此後，幾家電視台也輾轉找到北雁做事件訪談。

北雁隨之成為傳媒界的「名人」。

香港的傳媒圈，由於媒體的「顏色」不同，記者們多少有些割裂，內地背景的記者更是被「另眼相看」。但是如今北雁再遇到同行，就常常會收到不無尊敬的「注目禮」。

自然，報社內部，自上到下也對北雁格外重視。以前不熟的同事，碰到也會主動打招呼遞個笑臉。正應驗了一句話：「當你式微時，人人皆可欺辱，當你強大時，世界也對你微笑」。

只有 Kitty 整天悶悶不樂，似乎心事重重，每次見到北雁就遠遠避開。

北雁也不想去哄她，大家都是成年人了，社會競爭就是如此，香港更是個務實的社會。在內地時，大家常常將工作單位看成另一個「家」，充滿感情和依賴，一呆就是一輩子；而單位也將員工看成「子女」，不僅發工資還要管家事、管思想。而這裏的僱傭關係簡單粗暴，公司炒人、員工辭職都是家常便飯。從體制內出來的北雁起初並不適應，但是她逐漸發現了，這原來是世上最輕鬆有效的一種關係。

最近大老闆已經放話，記者部主任的位置非北雁莫屬。

又一次加班到深夜。北雁處理完稿件準備離開，路過 Jack 的辦公室，無意間向裏面瞄了一眼，赫然發現燈火通明的房內，Kitty 正坐在桌前一下一下地抽泣，再看 Jack，則是一臉的困窘。

Jack 已經晉升為報館副總編，所以才有了自己的獨立辦公室。一向盛氣淩人、在公司被暗稱「Judy2 號」的 Kitty 在他的辦公室裏哭了？為什麼哭呢？

第二天，她找 Jack 討論自己正在做的一個專題。說完正事，Jack 開口了：「我還想和你聊一會……」

原來，在公司從不與人聊私事的 Kitty，昨晚破天荒地找到 Jack，向他哭訴了自己的人生遭遇。

二十多歲的時候，Kitty 青梅竹馬的老公突然得了一種不治之症，幾個月後就不幸離世，留下了 Kitty 和一個患有自閉症的小兒子。心力交瘁的 Kitty，不僅痛失所愛，也面臨著巨大的經濟負擔。多年來，Kitty 以一己之力，在薪水不高的媒體行業拼命打拼，只為了多賺些錢留給身後的自閉兒子。

她怕自己始終是一線記者，倘若報館裁人，隨時工作不保。年近四十，她放眼望去，再也找不到自己的職場優勢，唯有升到部門主管，才能讓自己有一份穩定和安心。

「最近公司就會正式宣佈你升職為記者部主任，我先恭喜你！另外今天告訴你 Kitty 的私事，只是想請你上任以後，照顧好大家的關係。」Jack 最後說。

無論是喜是悲，他的語調永遠是平靜溫和的。幼年起就受洗成為基督徒的他，臉上永遠寫著「寬恕」二字。

北雁沒有接話，她還沉浸在這個俗氣的悲慘故事裏。

起初，她有點難以置信：這不是影視劇裏最常見的橋段嗎？只有 Jack 這樣善良的謙謙君子，才會容易被人蒙蔽呢。但是，她又聯想起一些蛛絲馬跡，自己先前不也是懷疑過 Kitty 失婚，懷疑過她有個失聰的孩子嗎？為著自己的猜測，她還和小漁打過賭呢！

她一時無語，突然就想到自己離婚以來吃的種種苦頭，堅強傲嬌的外表下，自己也是時時人前歡愉人後流淚。她也突然明白，為什麼香港同事往往會比內地同事更加處事拘謹、患得患失，恰恰是因為那層簡單的沒有層層糾纏、毫無保障的僱傭關係，使得港人更擔心失去飯碗、更緊張自己的職場位置，更有生存危機。

他們有的一人賺錢養活全家幾口，有的打兩三份工來供樓還貸，還有人，恰如 Kitty ，沒有了工作，就沒有了指望和未來……

北雁不記得是怎麼離開 Jack 的辦公室的，只記得自己冷得牙齒打顫。

剛入五月，香港的寫字樓裏的空調已開得冷氣繚繞。她在短袖襯衣的外面罩了一件薄開衫，又披上了一條羊毛披肩，可還是覺著冷。Jack 這樣的港人卻顯然很適應這種溫度。這樣的寒冷，使得他們在辦公室始終可以保持頭腦清醒冷靜，使得他們可以整整一年都職業地穿著挺括的襯衣，永遠西裝革履，拿最好的姿態示人。

「非常感謝管理層一直以來對我的認可和支持，但是作為一個對香港並未完全熟悉的新移民，我認為本人還需要更多時間來觀察和了解這個社會，才可以擔當起更多的責任⋯⋯」

在人事部門和自己談過升職一事後，北雁給大老闆寫了這封電郵，並抄送了 Lucy、 Jack。

她在電郵中寫道：「來公司的短短半年，我對同事們由陌生到熟悉，一些香港同事除了比我更加了解香港社會，他們還非常訓練有素、做事尤其專業⋯⋯」

這句是北雁的真心話。香港目前很多大公司裏都有著不同背景的僱員，其中內地員工往往有大局觀，有更好的口才、更靈活的思維。相形之下，香港員工不會長篇大論，不願承擔額外的責任，但他們對自己專責之事，一板一眼、極其認真。北雁覺得，自己從他們身上學到了許多⋯⋯

小漁從辦公室的閒談八卦中聽說了這封電郵，非常接受不了北雁這樣做。中午一起去吃飯的時候，小漁埋怨地說：「雁姐，你好不容易要熬出頭了，卻把位置拱手讓人⋯⋯，現在管理層多是香港本地人，對我們內地同事表面上一視同仁，其實內心各種傲慢。你就不怕 Kitty 當了主任後給你穿更多的小鞋嗎？」

恰巧她們經過的灣仔鵝頸橋下，一堆香案貢品中，幾位老人家舉著鞋底，在磚頭上「啪啪」地正打得起勁。這是香港獨有的驚蟄「打小人」習俗。

於是北雁笑著回答小漁：「那我就多來這裏幾次，讓婆婆幫我打她，直到她服輸為止吧。」

說完，兩人一起大笑起來。

這天離開公司的時候，北雁在樓下又見到了那個兩眼深陷、鼻子高大、飄浮著一頭白髮的老人。

他是英國人？法國人？還是⋯⋯，沒人知道他的來處，但卻看得到他的歸處。就在樓下一個窄窄的巷口，他搭建了一個小小蝸居。北雁每天上班都會經過他的紙皮屋，看他走來走去地撿拾垃圾和紙皮，空洞的眼神彷佛超然物我。

他何時來了香港？為何老不歸鄉？人生潦倒如此，他卻安然若素。在香港，在這個東方的繁華世界裏，有多少人，有著不堪的過往，有著不為人知的心酸苦楚呢⋯⋯

第十四章

白衣女子

事業上風生水起，也難敵經濟上的窘迫。從小衣食富足，缺乏金錢概念的北雁，如今徹底被錢困住了。不僅目前租住的房子每月要固定給付租金，同時隨著芊芊升入小學，各項計劃外的開支也接踵而至。

芊芊就讀的是一間公立小學，是香港政府全額資助、學費全免的學校，北雁只須負擔午餐費、校車費即可，已經享受到了不錯的社會福利，但是若想生活過得充實豐富，總有一些計劃外的支出。

例如要好的同學邀請芊芊參加生日會，這種友誼對孩子非常重要，一定要買一份像樣的禮物；學校組織去海洋公園、迪士尼的春遊秋遊，門票加上路費午餐近千元；還有北雁常帶愛看書的芊芊逛書店，挑來選去，一再精簡，最後幾本書也要千多港幣。

其實香港有非常好的圖書館資源，住所附近就有一家社區圖書館，北雁勸說芊芊：「咱們能不能從圖書館借書看？」

芊芊卻說：「媽媽你說過好的書就像朋友，要放在身邊時時相見。借的書不是自己的，不能一直陪著我呀！」這句回答，竟讓北雁喜憂參半、再也無話。

在香港做媒體人，很難像在內地一樣名利雙收。雖然北雁父母是北京高知，即使退休了也拿著不菲的退休金，哥哥事業有成，經濟狀況更是優越，但北雁一來不願向任何人伸手求援，二來也怕父母知道自己的實際狀況。北雁幾次都忍不住想把離婚的事告訴父母，但是話到嘴邊，又擔心有心臟病的媽媽受打擊，所以就繼續採取拖延戰術。

看到香港不少人都打著幾份工，做兼職似乎很尋常，北雁動起腦筋，想利用自己中文系畢業的優勢兼做中文家教。她首先把這個想法和 Carmen 講了，仗義的 Carmen 二話不說，就利用剛剛普及的微信在朋友圈四處宣傳。很快 Carmen 的魔力就發酵了，北雁在週末陸續收了四、五個學生來家裏上課，有時也會上門去幫助學生補習中文和寫作。

又是一個週六的傍晚，北雁將芊芊托付給了 Carmen。自從搬到這個新家，不僅北雁和 Carmen 成為摯友，芊芊和 Carmen 的女兒 Amy 也成了好朋友，兩個女孩子有機會就泡在一起，芊芊已經很習慣在 Carmen 家蹭吃蹭喝、看書寫功課，毫不客氣地把那裏當成了自己第二個家。

今天這個客戶也是 Carmen 輾轉介紹來的，客戶住港島半山，只有兩路巴士能到。

坐上巴士，十分鐘就穿過紅隧到了港島銅鑼灣。北雁眼望窗外，很久沒到港島這邊來了，逐漸感到有些陌生，回想起原來的生活，竟如放電影般，一個一個閃回，好像是別人的人生。北雁不由得感嘆人生如夢，而人也是最善忘和最能適應變化的物種。

巴士上人不多，北雁的左手邊坐了兩人，一位爸爸帶著一個六七歲模樣的小男孩。小男孩有著一張鼓鼓的圓臉，令北雁不由地想起了兒子，此刻不知道在做什麼？北雁目前的生活緊張而忙亂，所以好一段時間沒去探望「小青豆」了，想起來又是一陣難過和愧疚……

車在銅鑼灣商業區最繁華的路口遇紅燈停下，人流立刻如潮水般穿梭馬路。

「這些大陸來的人，把這裏搞得好污糟啊！」一個稚嫩的童聲響起，北雁萬萬沒有想到，旁邊的小男孩竟如此「有感而發」。

父親立即提醒兒子：「你不好這樣講啦！」但是兒子卻撇撇嘴，頗為不服地補充：「那些報紙都這麼講嘛！」

一向不喜歡管閒事、湊熱鬧的北雁此刻有些坐不住了。

她想起就在前兩天，一位從未去過內地的同事在聊天時發問：「你們在大陸的家是不是沒有洗手間，要出到外面的公廁方便？」

當時北雁被驚得目瞪口呆！在香港，這樣從未踏足過內地，卻帶著陳年有色眼鏡的人聽說絕不在少數呢。

於是她轉臉向著父親，微笑著用普通話問：「請問你的小朋友有沒有去過內地？」

父親一愣，馬上也很得體地用普通話回答：「哦，他還沒有去過……」

「有機會帶小朋友去內地玩，內地變化很大的……」北雁禮貌地提議。

「是的，是的……我以前的工作經常要去北京出差，一年大約五六次吧！」

「真的嗎！那您對內地很了解啦，小朋友也要多去看看，眼見為實嘛！」

爸爸是典型的香港專業人士，說話客氣，保持著港人特有的分寸和教養。

「小朋友，下次和爸爸去北京玩好不好？」北雁轉向剛才說話的小男孩，小男孩笑笑，神情中有一絲羞澀和躲閃。

北雁下車了，隔著車窗，她看見那位爸爸和孩子都向自己揮手，她也笑著向他們揮手。溝通才能了解，了解才能包容，相信人和人之間，無論文化背景有多不同，大多都會遵循這一規則吧。

北雁下了巴士，一路尋找爬上山來，累到氣喘吁吁。北雁就想，以後如果有錢了也不買這兒的樓盤，都說香港的豪宅必在山頂海邊，但是山上交通不便，海邊濕度爆棚，有什麼好的呢！北雁其實不知，人往往被個人的經驗限制了認知，住豪宅當然會配有司機和抽濕系統，這些都是用錢能解決的問題而已！

終於到了。開敞的大堂、無聲的電梯，大門是密碼鎖。敲開門，一個長髮的精緻女子赫然佇立在眼前。兩人四目相對，彼此都愣了愣。

來不及細想，北雁趕緊介紹自己是來幫孩子補習的中文家教。

一個小男孩從屋內躥了出來，看得出來對家裏來了陌生人充滿欣喜。

長髮女子客氣地請北雁坐下，層層疊疊的水晶吊燈、映照出人影的光亮地板，客廳裏的一切都感覺華麗麗的，讓習慣了簡樸的北雁有一種無形的壓力。但好在女主人語氣溫柔，舉手投足和話語之間，讓北雁有一種說不出來的親切和舒適。

女主人介紹自己叫 Wendy，來自內地。兒子 Jacob 今年七歲，在一間著名的國際學校讀二年級。最初 Wendy 擔心孩子出生於中文家庭，英文在香港跟不上，所以從小只給孩子看英文書，還重金請了一位來自英國的家教。未料孩子上了英文學校後，逐漸只講英文，只看英文書，再加上學校裏中文學習比重很小，因此 Jacob 對中文日漸生疏，中文字也認不了幾個了。Wendy 說，眼下只能再補回中文，畢竟是中國人，中文無論如何不能丟掉。

「英文比中文學起來更容易些，所以孩子們在有選擇的情況下，多數會傾向於英文，這很正常。不過你儘管放心，我會幫助 Jacob 愛上中文的。」北雁自信地告訴 Wendy。

一個小時的課很快講完，Jacob 的吸收能力很好，雖然中文基礎差了些，但能坐得住，聽得進去。北雁很喜歡這個孩子，就是不解孩子為何擁有一種和年齡不相稱的憂鬱神情。

天色已晚，知道北雁對周圍的路不熟悉，女主人執意讓家裏的菲傭送北雁去巴士站。告別了母子倆，北雁一邊走著，一邊和菲傭禮節性地聊天，卻無意中了解到這家的男主人住在北京，只偶爾過來看望母子倆，女主人是移民來香港，沒有什麼親戚朋友，所以家中鮮有人上門。

坐上巴士，一路高處落斜，起起伏伏，路邊的霓虹照得北雁的臉也忽明忽暗。北雁在光影變換中苦苦思索，突然間恍然大悟：這個女主人，不就是在中環海濱見過，並且救了自己的人嗎！

Wendy 江夢此刻已經準備上床就寢了，king size 的床，在香港並沒有多少人能消受得起，不是有句調侃說香港平民的幸福，就是有一張可以三面下地的床嘛！想到此，江夢不由地伸出潔白的手臂，慢慢撫摸起紅木雕花的床幫，嘴角露出一絲滿足的微笑。可是，等到目光一觸及到相依而傍的兩個枕頭，心又隨即沉重起來，李達明已經幾個月沒過來香港了，雖然時不時短信裏聊幾句，問問Jacob的情況，但畢竟伸手摸不著，就像兩人的關係，始終是隔著一個屏障。

唉！不要想了！她甩甩頭躺下，絲質的床單柔軟體貼。她喜歡一切絲質的東西，最多就是衣服了。雖然香港的夏季很熱，但由於處處都是度數很低的冷氣，其實並不適合穿太輕薄的絲製衣服。但她就是寧願外面再套上冷衫，也不改自己的喜好。

剛走的補習老師，穿著嘛，真的很普通。她介紹自己大學畢業，還曾經有過不錯的工作，那又怎樣呢？她的吃穿用度一定都不如自己吧！就連香港大多數人的生活水準，都在她這個新移民之下，自己還有什麼不滿足的呢！

她想起那次在中環海濱，突然看到這個李北雁昏倒了，周圍沒有什麼人，她慌亂之下趕緊call了白車。「九九九」這個電話號碼是李達明特意讓她記下的，怕她母子孤身在港萬一有事，自己遠水救不了近火。江夢沒想到這次真的用上了。她結結巴巴地報了警，說了地點，救護車很快就來到，她一起跟到了醫院，看到對方家屬來了就趕緊閃人了。

低調低調！這是李達明給她的警誡。來香港後她深居簡出，不敢和人深交，時時如驚弓之鳥，還不是怕李達明的老婆會找到她們母子……所幸那個補習老師沒有認出自己來，就讓之前的相遇永遠塵封吧，因為她不能讓任何人走近自己的生活。

眼下的自己猶如金絲雀啊！江夢想起與李達明相戀之前的生活，自己陽光、單純，活得輕鬆自在。直到應聘到李達明的公司當前台，生活就像激流，自己先是被吸引，被寵愛，被夢境籠罩，然後生孩子、匿居香港，日子越過越窄，越過越晦暗。

所幸，還有 Jacob，自己要為他而堅強……

「小江，你怎麼還不走？」

「李總，您還在加班，我不能走呀。」

「你這孩子……」

她又夢到了這一幕，整個公司寂靜無聲，只有她和他。她的臉龐，被一雙溫潤的大手撫摸，自己默默崇拜的男人，眼神裏充盈著憐惜和關愛。一股暖流片刻就從頭到腳衝落來，江夢在睡夢中又甜笑起來。

第十五章

香港券商

香港一直吸引著李達明。此次女兒一灣到香港讀書，既有妹妹李北雁的引路，也是自己未來的佈局之一。

當然，還有他不可言說的秘密。

李達明創業不易。當年大學畢業分配到中國社科院下屬的一個經濟研究所，過了幾年，研究所順應改革開放的大形勢，成立了一個小公司——三川經濟技術公司，李達明就被任命為法人代表。公司成立之時，還是李達明借了三萬元才註冊下來。運營第一年，頗有商業頭腦的李達明就帶領大家做出了幾十萬的利潤，第二年，業績又翻了一番。

本來形勢一片大好，孰料公司剛剛上路，上級領導卻突然下令關閉公司。由於初創之時產權不明，李達明兩年來付出的勞動非但未得到認可，還被人寫匿名信誣告，蒙受了一些不白之冤。這段經歷給了他深刻的教訓，後來他果斷辭職，和兩個志同道合的朋友成立了新洲科技，專注做數碼產品，並且從一開始就確立了公司的股份制結構。

在那個年代，放棄旱澇保收的公職，完全下到市場經濟的海裏「裸游」，一方面需要勇氣和自信，另一方面需要家人支持。李達明這兩樣都具備，但他依然如履薄冰，拼盡全力。在很多人都被海水嗆死的時候，獨特的商業目光卻讓他越戰越勇，企業越做越強。

隨著越來越多的民營企業迅速崛起，到海外上市也成了一股潮流，兩年前新洲科技做到相當規模時，李達明就動了到香港上市的心思。後來經朋友介紹，先是接觸香港的一家小券商理富融資。交流之後雙方感覺還不錯，談妥了一起合作一把，誰知就在要和理富簽約的時候，香港最著名的券商慧勤也找上門來。

慧勤很直接地告訴李達明：「理富在香港的影響力非常小，我是香港最大的證券商，你應當和我合作。」

「知道你是老大，但我們接觸了很長時間，有很多個人感情在裏面，不能說不簽就不簽啊！」李達明實話實說。

「李總，做生意不是談戀愛，沒有感情因素，只有實力的競爭，慧勤有實力，你們這一單生意我們做定了。」對方態度很堅決。

李達明搖擺了一陣，還是被慧勤的氣場震懾了。不過，當李達明和助手真正和慧勤接觸下來，卻發現對方卻是大公司姿態，要什麼材料都是一付盛氣凌人的樣子，不是相互尊重的合作關係。

一個多月後，慧勤投資部的一個經理來公司看了看材料，最後來電話說：「我們考慮後決定不做了。」

即使李達明這些年在商海中歷經過各種風雨，聽聞此言也是火冒三丈的。只是生氣也無濟於事，上市計劃就此擱淺。

恰好這年春天，美國數碼革命的領導者、微軟總裁比爾蓋茨來到中國深圳，出席中國新科技創新大會。李達明也應主辦方的邀請，帶著公司最新研發的數字學習機前來出席會議。在做完重要講演之後，大會間歇，技術派出身的蓋茨對中國的數字新技術產品格外感興趣，很認真地逐一端詳了展品。然後，在後面的媒體採訪環節，蓋茨拿自己看到的數字學習機來舉例，一邊讚不絕口，一邊將其標榜為中國技術革新的代表。於是乎，新洲科技的名字立即從深圳從創新大會上一躍而出，很快名揚天下，風頭一時無兩。

眾多的券商再次找上門來。

其中一家成立不久的券商東方大時找到李達明：「我們是新公司，現在手上沒有什麼生意，我們會以最快的速度，用最好的服務把你做上市。」

前期被慧勤忽悠怕了，李達明不敢再輕信別人。還在猶疑中，大時的總裁陳峰卻親自登門來。陳峰在擔任大時老闆前，是五大會計師事務所其中一家的中國區總裁，上海市場第一個 B 股、深圳第一個 B 股、中國第一個 H 股都出自他的手筆。

一見面，陳峰就把合作協議遞給李達明說：「李總，協議我已經簽字了，你願意用我的話就簽。」又說：「我三十七歲的時候就已經知道自己五十七歲、六十七歲時什麼樣子了，我在原公司頂多做到副總裁那一層，到那時我就一點也不接觸客戶、接觸業務，只有行政管理職能了。如果我甘心這樣，就在美國每天釣釣魚，我的錢也完全足夠了，但是我認為我還是應該幹點事。」

這次，兩個有強烈事業心的男人一拍即合。

之後，新洲科技與東方大時正式簽約，委託其作為總承銷商，也即保薦人。同時委託其幫助搭建中介團隊。任何公司上市關鍵的第一步都是要找好保薦人，也即是為企業擔保的機構。保薦人要對企業的經營業務有一定的了解，香港的證券商當時大多是金融、地產方面的專家，對產業類的企業尤其是科技類的企業有些看不懂，導致包裝企業時也不得力。所以李達明心裏還是對大時有些擔心。

在入駐的會計師對新洲科技進行了整整一週的診脈後，這一天，第一次協調會議在新洲科技剛剛落成的新大樓會議室內召開。包括承銷商、審計師、境內律師、境外律師、財經公關公司、承銷團律師、評估師，幾十個人滿滿地坐了一屋子。

新洲的幾個副總裁個個心懷忐忑，他們知道，通常會計師對公司診脈後的取態非常重要，如果會計師認為公司經營是比較好的、利潤是真實的，才會繼續推進上市，如果發現利潤裏水分太多，多數會停止合作，同時也會影響其他中介的態度。

只有李達明心裏最通透，公司就如自己親手養大的孩子，這孩子有幾斤幾兩？能力質素如何？自己有數，也有底。

會議一開始，全部人就將目光投向會計師，問診斷的結果如何？

緊張的氛圍似乎令空氣都凝固了，會計師頗有負擔，趕緊笑笑說：「我今天坐在這裏，就已經表明態度了。」

一屋子人跟著哄笑起來，人人如釋重負。

整整四個小時之後，各個機構對新洲科技的利潤狀況、結構、人員、產品、研發、銷售都有了全面了解，然後大家各自表態，全部和新洲簽了約，並且將上市的時間表定了下來。

新洲科技的上市工作由此拉開了帷幕。

李達明很興奮，覺得自己和香港不再是咫尺天涯，以後的聯繫更緊密了，不論是事業上還是情感上……

晚上和一干人慶功之後，李達明酒酣耳熱，但他回到家還是又打開了一瓶紅酒。他的家位於北京東北三環，是北京數得上的高級公寓。此刻他站在落地窗前，看夜色闌珊、霓虹閃爍，已近零點，三環主路上還是車流不息。李達明一邊品著紅酒，一邊想著一直以來的那個心病，也許能利用公司上市得以解決。起碼，以後再去香港，不用再遮遮掩掩，就連妹妹李北雁也不敢見上一面。

家門突然被一串叮咣的鑰匙打開，李達明的思緒被打斷了。太太回來了，作為新洲科技的財務總監，最近工作到後半夜對她已是常態。

「回來了？」李達明沒話找話。短髮、戴著黑框眼鏡的太太只冷冷地看了李達明一眼，「嗯」了一聲就徑直走去自己的房間換衣服。

以前女兒一灣在北京的時候，兩人還會說些話，努力維持著一對正常夫妻的模樣，女兒一走，家裏總是冷冷清清的不說，太太也卸下了偽裝，對李達明不理不睬了。

李達明在公司和合伙人面前向來說一不二，極具權威。但他這個強人，就是害怕身邊的這個女人。當年公司初創，招不到合適的人，自己不得已將太太拉入公司一起幹，並且將財務大權交給她，如今每每想起，李達明就後悔不已。

太太從廚房端了一杯咖啡，走到左手的側沙發坐下。本來大大喇喇斜靠在主沙發中央，唯我獨尊的李達明，不由自主地往一旁讓了讓。「累了吧？今天一切都虧了你！」他陪著笑說。「要不是你把會計師那攤子搞定了，後面的事兒都別再想了。」看太太表情無動於衷，李達明又補充道。

「是啊，但有些賬還是一筆糊塗賬，咱們以後要慢慢算……」

太太用小勺攪動咖啡，然後抿了一口，輕聲慢語地答道。

第十六章

街市相識

星期日，一早北雁掙扎著起床，準備去菜市場買菜。

自從重入職場，生活節奏驟然緊張了許多。就說每天和芊芊的一日三餐，北雁已經將其簡化到不能再簡單。早上起床，是牛奶燕麥加各種麵包，微波爐叮一叮，十分鐘就搞定了。午餐芊芊在學校訂飯吃，北雁則大多在報館附近的茶餐廳搞定，偶爾遇上個酒會啥的，豐盛也好簡單也好，不管怎樣也是解決了一餐。

唯有晚餐北雁知道不應忽視，因為這個時間本可以從從容容地和芊芊坐下來，邊吃飯邊聊聊天，但是近期常有突發新聞，北雁時不時就要加班趕寫稿件，不能按時回家給芊芊做飯，只能讓芊芊去附近的「大家樂」或者「美心」買快餐。

前一段，芊芊抱怨說：「媽媽，學校訂的飯菜太難吃了，很多同學都是自己帶飯，我也想自己帶。」

北雁心中一驚，想想也是，同一間食品公司，做出來的飯菜基本都是一個味兒，就算再美味，也架不住孩子天天吃啊。

北雁一邊心疼芊芊，一邊又要尋找托辭安撫她。最後好說歹說打消了芊芊帶飯的念頭，但是心中的愧疚更深了。本來，不能讓芊芊像別的孩子一樣，回家就能吃到香噴噴的家常飯菜，北雁已經很沮喪了，現在還要無情地拒絕孩子的要求，一切都源於自己是要打工的單身母親，有太多的無奈啊！

所以趕上一個不用加班的休息日，北雁決定去菜市場多采購些菜肉瓜果，一方面好好給芊芊改善下伙食，一方面也要儲上一星期的食物。

菜市場的地址是特地和 Carmen 打聽到的。離小區有些距離，但一早走走，權當鍛鍊了。此前，北雁通常是在下班的路上，看見什麼就順手買點，或者回到小區時，在樓下的超市買。說起來香港作為一個名不虛傳的快節奏城市，為上班族提供了很多便利。幾乎每個大型屋苑都有便利店、麵包房、快餐店、超市，像「7-11」、「OK 店」、「美心」、「大家樂」、「惠康」、「百佳」、「萬寧」這些連鎖服務品牌隨處可見，真是為居民提供了各種方便。但是要自己煮飯，超市的食物畢竟有限，選擇很少不說，也不夠新鮮，菜市場才是真正接地氣、食材薈萃的地方。

北雁一路想著，一路拉緊手中的帆布小拖車。這要在以前，她可接受不了自己這副模樣。放眼滿大街，似乎只有那些菲傭、印傭拖著軲轆車到處跑，就好像內地的大媽們整日挎著個菜籃子進進出出，渾身平添了幾分庸碌。但眼下世事變幻，人總要向生活妥協的。北雁也要歷經人間煙火，做回一個平常的女子。

走著走著，北雁彷彿走進了王家衛的電影裏，熙熙攘攘的街巷裏，除了大廣告牌，就是各色詭異的海報，有著性感女郎的夜總會、薈萃潮流的樓上鋪、麻雀館、當鋪大押，一應俱全，彷彿時光還停留在上一世紀。相比都市裏光鮮整潔的摩登大樓，這裏的棟棟唐樓恰如高檔餐廳的後廚，充滿油污和異味。雖然難得地保留了歷史的印跡，卻令人不敢輕易流連。

好不容易擠出這段橫街，接著就到了菜市場。市場裏擠滿了人，一片詢價、砍價的嘈雜聲，因為在兩條狹窄的街中間，就顯得尤為逼仄，明顯是見縫插針，就勢而建。難怪香港將菜市場都稱為「街市」。

北雁邊走邊看，很多在北京常吃的菜都擺在各個鋪頭，就像久違的老朋友。「蘿蔔」、「西芹」、「皇帝菜」、「佛手瓜」，還有許多叫不上名字、南方特有的菜蔬。這裏各種海鮮更是豐富，諾大的海魚、石斑魚、黃立鯧、海蝦、基圍蝦、各種貝類，似乎剛剛打撈上來，在水裏浮浮沉沉。

左挑右選，很快小車裏就滿滿當當。一回頭，卻又發現了許久未見的大扁豆，想起從前，媽媽常用這種大扁豆燉紅燒肉，那個香啊，真是沒法形容……

北雁兀自陶醉著，不由地伸手去摸了摸那些大扁豆。

突然，眼前的守攤大嬸厲聲喝斥起來：

「不要用手亂摸！」

「只是看看新不新鮮……」北雁嚇了一跳，本能地想解釋。

「菜都被你們大陸人摸壞了！」對方聽到北雁説普通話，聲音頓時放大了幾個分貝。

北雁腦中一片空白，情急之下，想不出合適的粵語來回敬對方，只能據理力爭：「請你説話尊重些！」

未料對方竟用普通話嚷起來：「你們這些大陸人，怎麼不滾回去大陸……」

一股血氣衝上頭，從不擅長吵架的北雁氣得渾身哆嗦，一時竟説不出話來。

身邊的人川流不息，不少人停下腳步，五花八門的目光投射過來，刺得北雁的臉火辣辣地痛。

賣菜大嬸越罵越來勁了……

「住嘴！你是哪裏人？香港原先就是一個小漁村，你祖宗八代就住在這裏嗎？你是不是大陸來的？！」

一個身材高挑，錦衣裹身的女子，從人群中衝出來，一口普通話字正腔圓。

她怒目瞪向大嬸，表情比北雁還要氣憤，好像專等大嬸回嘴，一個巴掌就要打上去。

「沒禮貌！痴線！」人群中也有人用廣東話斥責大嬸。

大嬸嘴裏還在嘟嘟囔囔，但氣燄終於不那麼囂張了。

見此情形，北雁趕緊上前一步，抓住女子的手說：「我們走，別和沒文化的人一般見識。」

正是惡的怕橫的，大嬸也知趣地躲開了，人群漸漸散去。

北雁拉著女子走了幾步，才站下說：「謝謝你！那人太不講理了！」

「和這種人不要講道理，直接罵回去！」女子還是氣憤難平：「她這樣侮辱我們內地人，我實在氣不過！」

「算啦，這種偏見一直都有呢。」來港幾年了，北雁對這個社會多少有些了解了：「大多數的香港人還是非常友善，也有開放的心態。」

女子終於也平靜下來，有些不好意思地一笑：「其實我很少這樣和人罵仗。」

北雁當然看得出來，對方除了妝容雅緻，同時也氣質不凡，應該是修養很好的人。

當下心裏就更感激對方出手相幫了。

北雁主動和女子交換個人信息。以前在國內，北雁同學親戚朋友成堆，人情是非太多，有時避之不及，但在香港舉目無親，朋友沒幾個，能遇到一個知己也是三生有幸了。

果然是有緣人！原來兩人不但都來自北京，還住在同一個樓盤！待報上座號房號，兩人竟又是對門的鄰居！

一切都是天注定，北雁和蔚然就這樣相識了。

那天晚上，北雁精心做了一桌子菜，將蔚然和 Carmen 都請了過來。

Carmen 聽說了今天北雁和蔚然在菜市場的遭遇，還是有些憤憤不平：「都說香港人來自五湖四海，城市包容性強，為什麼就容不下我們內地人呢！」

「可能是我們這些港漂的數量越來越多，香港本地人覺得文化上有衝突，競爭壓力也加大了。」北雁對上午的爭吵已經釋然。

「是的，想想當年很多外地人跑到北京做生意，我們也很排斥，擔心治安和環境會不會變差呢。」蔚然理性地說。

新朋老友，三個人越聊越熱乎。竟然發現在北京時，她們都曾共同生活在東直門一帶，那裏的簋街是她們曾經流連，如今又勾起共同回憶的地方。

Carmen 的大學離簋街不遠，所以經常和一大撥同學跑過去改善伙食，自己每逢生日也是邀上一眾好友去吃麻辣小龍蝦；蔚然畢業後分配到銀行，當年單位給安排的宿舍就在附近。和謝夏談戀愛時，簋街是他們每週約會的老地方，見證了兩人的整個羅曼史；而北雁那時工作的報社就在東直門附近，每天中午，同事們都會三五成群一起去打牙祭，有時也會約了採訪對象在那裏喝茶談事。

遙遠的北京，青春的記憶。北雁心有所感，快手寫下一首小詩：

回到北方，
被寒冷包裹。
鼻青臉紅，
卻心花怒放。

這是北京，
我的記憶之城。
一條路一個餐館
隨隨便便
就打開了時光的閘門
穿越到從前。
回眸處，
你的笑我的淚
我們的青春美麗
驕傲夢想
失落徬徨
一一閃過。

昔我往矣

楊花似雪；
今我歸兮
雪似楊花。
故園故事
終於
觸手可及。

北雁唸完這首小詩，蔚然和 Carmen 一起拍手叫好。

北雁擺擺手，笑道：「一個作家曾經説過，如果你會背誦許多唐詩宋詞，別人一定讚你有才，但如果你動輒就自己寫首詩，別人就會疑懷你是個精神病。」

哈哈哈……，三人同時大笑起來。

笑聲中，幾個獨在異鄉漂泊的心被熨平了，一股溫暖瀰漫開來。

Ai 繪制

第十七章

Carmen 的保險經

Carmen 最近很充實。

自從大學畢業、結婚、生孩子以來，她一直脱離社會，安心做個家庭主婦，可是現在萬萬沒想到自己在香港竟然有了工作。兩天前她剛拿到名片，上面赫然印著「理財顧問」這個頭銜。

開往尖沙嘴的巴士來了，Carmen 匆忙上了車，「嘟」的一聲拍了一下八達通。巴士上座位很多，她就找一個靠窗的位置坐了下來。

已經十二月份了，可是香港才剛剛入秋的感覺，有稍許的涼意，還難得地有些乾燥。Carmen 穿著一件黑色的風衣下了車，心情愉悦、腳步輕快地向都鴻大廈走去。她抬手看了看錶，時間剛剛好，因為之前公司秘書發來信息，説開會要準時，否則就會有遲到罰款。

幾年前，就像一陣風，港漂中的許多家庭主婦紛紛變身為各大保險公司的理財顧問，從事起保險銷售工作。到近兩年，整個香港的保險行業可謂風生水起，來自內地的保險投資額逐年遞增。

大背景是預期人民幣貶值，大批國內的人民幣想出來換成美金，以保證資產不縮水。另外在醫療保障方面，香港保險的覆蓋面要遠遠大於內地保險，理賠似乎也不像內地的保險業那麼複雜。所以即便購買香港保險程序不簡單，需要購買人、被保人親自來香港做體檢、簽署合約，還是有大批內地人拖家帶口地跨海而來。

最初入到保險這一行的人，由於公司的激勵機制，不斷地發展下線。而港漂媽媽們成為重點發展對象。一是她們來自內地，在內地有人脈有資源，另外對於還要兼顧家庭和孩子的媽媽來說，這份不要求朝九晚五坐班的工作也是再適合不過了。

那天在電梯裏，住在樓上一位經常碰見，但從未說過話的港漂媽媽，和 Carmen 打起了招呼。這位媽媽平素裏打扮衣著很有品味，人就似乎有些傲慢。Carmen 雖然常和人自來熟，但是對這位樓上鄰居一直有些望而生畏。

「你好！咱們總是見面，也算是半個熟人了。」沒料到這一次對方主動搭話，態度親切。

「是呀！是呀！」Carmen 有些受寵若驚地回應。

第二天，這位鄰居就約 Carmen 一起去樓下的茶樓喝茶。

席間，就循循善誘地和 Carmen 聊起了自己在保險公司工作。

「這個工作非常有吸引力，既可以到處旅行還可以賺些零花錢。我這兩年賺的錢，買了手上這塊勞力士綠水鬼，還有這個限量版的愛馬仕 BIRKIN……」

鄰居抬了抬手腕，又拍了拍身邊的包包，看到 Carmen 似乎並不了解這些奢侈品的價值，又換個角度說：「女人啊，不能全靠老公養活，還是要給自己賺點私己錢才好！」

其實，Carmen 這兩年也關注到身邊的一些媽媽投身到保險行業，但是從沒想過自己也可以試試。這位鄰居口中的高薪厚祿、各種福利並沒有打動她，真正觸動她的，是這個工作可能會給自己帶來的充實感。保險行業的一大特色是和人打交道，這也十分符合她的性格。

她走進敞亮的電梯。電梯裏淡淡的香水味很陌生，但卻彷彿是興奮劑，讓她全身每個毛孔都舒展酸爽。脱下風衣，她在電梯鏡中瞄了一眼自己，一身新置的職業裝高級合體，讓她昂首挺胸充滿了自信。以前每次路過中環、金鐘一帶，在寫字樓群裏看到那些一身職業裝、拎著電腦包，表情高冷匆匆行走的女子，每每都對她們有小小的妒嫉。而現在，那種很受傷的感覺似乎漸漸撫平了……

電梯上到十五樓就到了公司，她對這裏並不陌生。之前公司組織了幾次香港保險中介人的資格考試輔導，她都積極參加並已順利地通過了考試。

在門口報到後，Carmen 走進會議室裏坐下，開會時間已經到了，可是只有稀稀拉拉的幾個人。她抬眼望去，只見一個瘦瘦的女人站在講台上，一張很平常的臉，正是香港最普通的師奶相貌。

會議開始了，女人先開口介紹自己，原來她是福通保險公司這個區域一個組的組長，負責主持今天的會議。Carmen 這才明白，這裏在座的都是沒有完成本月考核指標的保險員。而這位負責人一上來就直入主題，挨個問每個人，為什麼沒有完成交單任務？

幾個人一個接一個地解釋緣由。一位頭髮凌亂的香港本地媽媽，吞吞吐吐地説自己最近在忙孩子申請學校的事，無暇顧及發展業務。沒想到這番話，立即被組長懟了回去：「這也是理由嗎！忙孩子的事情，我們大家都有孩子，但是我也會照樣做好我的工作呀，這是責任心知道嗎？這是責任心啊！」

本地媽媽低下頭不敢再説話。

在一片靜默中，Carmen 剛想開口解釋自己才入職一週，突然有一個女高音響起。是前排的一位女士，年齡應該在四十上下，講一口字正腔圓的普通話。

「我是公司的新人。」她邊説邊環顧坐著的幾個人：「我半個月前剛剛入職，但是我已經簽下五張單了。我的家庭狀況非常好，老公的生意做得很大，我也剛剛當選孩子學校的校董。我在香港有兩個 house、兩個工人，但是我不願意一直在家當太太，我願意出來做事，找到自己的價值。我的朋友很多，我很得他們的信任，所以我一説自己來做保險，很多朋友很買賬，馬上支持！」

女高音看到每個人都聚精會神地望向她，很滿意地繼續說：「最近晚上我睡不著覺，我一直在想，怎麼能夠說服別人來買保險，怎麼去發展客戶？我把我認為有可能發展成客戶的朋友，全都記在了這個小本本上。」

說著，她大方地舉起了一個紅色的小本本，給在場的人看。Carmen 伸長脖子看去，只見上面密密麻麻記錄了很多名字和聯絡方式。

「然後我就每天堅持聯絡本子上的十個人，一個星期後就有效果了……」

在小組長的帶領下，大家一起鼓起掌來……

Carmen 對這位渾身珠寶、略顯圓潤的大姐充滿了敬意，聽說保險圈也是競爭得厲害，大姐如此毫無保留地傳授心得，真是豁達之人。

再想想自己，Carmen 不禁有些慚愧。原來自己一直是抱著輕鬆的心態，來寫字樓裏上班給自己裝點門面的，卻忽略了這世上的一切沒人會白白給你。公司給了你新的身份和一個充滿機會的平台，是希望你好好利用，給予自己收穫、給予公司回報的。

想清楚了，Carmen 便決定不再給自己找藉口解釋，散了會她就起身去找紅姐。

Carmen 加入的正是紅姐的團隊。紅姐在內地時是個醫生，很早就隨老公移居到香港。老公來香港的最初十年，正趕上內地閉塞，事事都要通過香港來做轉口貿易的時代，所以在香港發展的黃金期，生意做得順風順水。後來大陸改革開放，香港的中轉作用日弱，老公的生意關門了，轉而研究起易經八卦，靠給人看卦看風水賺錢。紅姐在家越來越呆不住了，正好孩子們也都大了，就在一個偶然的機緣下入了保險這行。

隨著保險業逐漸北向開闢市場，紅姐的內地資源和流利的普通話起了大作用，紅姐的業務越做越大，慢慢地做到了 TOT（香港保險業百萬圓桌超級會員），之後又升級為區域經理。

紅姐剪著半長半短的潮型髮式，縱然 Carmen 是個時尚達人，也是在見過幾次面之後才適應這個髮型。作為一個年近五十的中年師奶，紅姐保養得非常好，圓圓的臉上總是泛著紅光，看人時始終笑意盈盈。但是如果由此認定紅姐是個溫和簡單的人，你就大錯特錯了！

下了一層電梯，就是公司的辦公大廳，有一些獨立的有海景的小房間，是給客戶來簽約使用的。其餘的小辦公室是紅姐這個級別的經理才有的，大廳裏一張挨著一張的擁擠的辦公桌，也是公司的資深員工才有的，而 Carmen 這樣的新人目前還沒有一席之地。

「咚咚」，Carmen 禮貌地敲門，紅姐從桌上抬起頭來，熱情地讓 Carmen 坐下。小小的辦公室放了一張大寫字枱、兩把椅子，空間真是局促。但在牆上就掛滿了照片，有的是紅姐參加公司表彰會和高層的合照，有的是紅姐參加公司獎勵旅遊，去往世界各地的留影，而各色亮晃晃的獎杯，則擺滿了屋子裏的每個角落。

這一屋子的戰利品，彷彿記錄了紅姐十多年來輝煌燦爛的職業生涯，Carmen 又一次心生敬意，還有由衷的羨慕。

「紅姐，我來向您取取經……」

「紅姐，我這第一筆單怎樣才能開張啊？」

Carmen 等不及地請教。

「不急，你先坐，我們聊聊天嘛。」

於是，足足兩個小時的時間，紅姐滔滔不絕地講，Carmen 認真地聽，不時頻頻點頭，拿筆記錄在小本子上。自從大學畢業，好久了，她沒有如此投入地學習和思考了。

告別紅姐，Carmen 緩緩走向巴士站，既躊躇滿志又略為不安。今天一個上午的收穫不小，她很感激紅姐對自己的耐心培訓和傳授寶貴經驗，自己第一年的目標就是完成公司的業績指標，爭取成為 MDRT（百萬圓桌會）成員。接下來的問題就是如何回家説服老公，先把自家的保險配備上。剛才紅姐向自己推介了公司一款高回報保單，每年的分紅率雖然不是保證，但根據過往業績可能會有七釐，這可是個不小的誘惑！只是最低要購買五萬美金的額度，對自己的小康之家來說，是一筆額外支出。但是，這個保單，是自己入行的敲門磚，不得不買呢……

第十八章

不期而遇

一覺醒來，北雁驚覺已經是早上六點了，她趕緊起身，給芊芊準備早餐。一邊在廚房煎著雞蛋，一邊還沉浸在一種莫名的情緒中。喔，剛才自己是在做夢？她漸漸想起了……

她和他，一個身影模糊、但卻氣息可聞的男子，重逢了。她滿心歡喜，輕輕地將頭靠在那寬寬的胸膛上。陽光透過樹蔭，光影灑在他們的身上。她有些嗔怪地問他：「我走以後，你是不是有了新的女友？」

他望著她笑，卻什麼也不說。但她感受到他暖暖的愛意漫延在空氣中，散發著一種讓人迷醉、無法割捨的柔情……

北雁魂不守舍，一大早沉浸在這個夢境中，似乎始終無法回到現實。想著想著，她的眼淚就默默地落下來。隱藏壓抑了多年的情感，原以為早已忘記，還是如此意外地潛入夢，帶來那侵蝕心靈的痛。

畢竟已經渡過了生活的幾番波折，北雁又是個理智型的性格，送芊芊上了校車，北雁就徹底將夢和情緒都拋到了身後。

生活本身忙碌而無味，柔情萬種只是青春期的虛妄。今天的她，寧願相信迷戀一個人，更多地是荷爾蒙的作用，是上帝作弄人的把戲。戀愛，本身也是一種毒品。

此刻，她坐在鏡前，悉心地畫著眼線。二十歲時，以為三十歲是很遙遠的事，沒想到就這麼一晃，自己已經三十好幾了。經歷了這幾年的溝溝坎坎，北雁驚奇的是，自己的一顆心早不復當初，唯有這張臉，依然細膩透亮，沒有一絲皺摺。

打扮穿戴完畢，北雁看看錶，已是上午十點。今天是報館的春茗日，所以難得可以這麼慢悠悠地梳洗。每年二、三月份，冬去春來，香港的公司都有一個傳統，就是在這一段時間裏訂下酒樓飯店，宴請員工和客戶，並稱之為「春茗」。「春茗」之時，香港的酒店酒樓家家爆滿，一派歡樂喜慶。北雁所在的報館也不例外，不僅每年會宴請香港的政界、商界、文化界的名流大佬到場，管理層還會攜伴侶參加，以增進賓主感情，也和員工趁機聯誼。

北雁和幾個同事今天要提早到達會場，協助「春茗」會務。這是報館一年一度的大事，何況又趕上所屬的報業集團成立二十週年。已經成為記者部主任的 Kitty，知道北雁時常腰骨痛，就安排她在嘉賓簽到處負責簽到，以免穿著高跟鞋走來走去。

灣仔海傍的五星級酒店裏瀰漫著一種神秘的味道，那味道不僅僅來自嗅覺，而是一種來自五官及發膚的感覺，其中糅合了香水、酒、雪茄，似乎還有膩膩的甜品，甚至還包括了走廊兩旁掛著的巨幅油畫。如果不是這種酒店的常客，一走入去，感受到這獨特氛圍，難免就要有點心跳加速、有點目眩神迷，陷入興奮又缺氧的狀態。

公司選擇的這家酒店作為國際著名設計團隊的傑作，內裏裝修華麗、燈飾輝煌，穿著紅色制服的服務生陪伴著客人來來往往，卻聽不到一絲嘈雜。沿著一個白色玉石打造的旋轉樓梯上來，就可見酒店的主宴會廳。

北雁站在主宴會廳門口，眼前的長條桌鋪著紅錦緞，精緻的線裝簽到簿旁放著幾只水筆。簽到桌到宴會廳門口，兩邊並列排開一長串的花籃，玫瑰、百合、劍蘭、富貴竹、火龍珠、散尾葵……，在香港最好的季節裏採來的最好的花草，使得整個前廳奼紫嫣紅、花團錦簇、香氣四溢。

漸漸地，有嘉賓到來。

一位長者在太太的攙扶下，慢慢走來，報上名字是赫則理太平紳士。每年香港還會沿襲回歸前的傳統，加封一些社會名流為太平紳士，是榮譽也是資歷。

劉雲，原是中國著名的短跑運動員，緣分注定嫁給了香港一個富豪家族，也代表夫婦倆前來捧場；緊接著是何雲小晴女士，這位大名鼎鼎、家世豐厚的政商精英，竟然獨自一人，坐地鐵來赴宴，北雁對這位女士不由得刮目相看！

幾位中年知名伉儷都是攜手而來。有香港政務司司長夫婦、香港貿發局局長夫婦，還有香港大學校長、著名的物理學家也攜夫人前來。有新聞報道過校長夫人比校長年長六歲，今天北雁親見，和仍然健碩有活力的校長相比，夫人確實皮膚鬆弛、韶華已逝了，但是校長似乎不以為意，一路小心翼翼地拉著夫人的手，時不時在夫人耳邊叮嚀兩句，夫人則像一個孩子似地用嗔怪的眼神回敬校長。

記得剛來香港時，在大街上經常見到手牽手並肩行走的中年夫婦，北雁很是驚訝。在內地，年輕情侶勾肩搭背，大家見慣不怪，但是結婚後，一把年紀了還手拉手，真的怕要被人斥罵「老不正經」呢！但是北雁從心底裏羨慕這樣的中年夫妻，年輕時手牽的是激情，中年時還能溫情地牽手，是有歲月作證的愛。

嘉賓仍在陸續到來。

報館及集團公司的幾位大老闆一早也在門口恭候了。高級管理層中只有 Judy 一位女士，她今天尤其地容光煥發，一身褐色滾金邊長袖絲絨旗袍，包裹出她姣好的身材，臉上的妝不濃不淡，恰到好處。

更重要的是，今天的她一掃在公司裏的黑口黑面，迎來送往，盡顯妖嬈嫵媚的一面，讓北雁既意外又新鮮。

簽到台前這會兒排起了長龍，北雁沒空再遐想，一個接一個地幫助客人簽到。

又一隻手伸過來，北雁趕緊接過燙金的請柬，「請您簽名」，就把筆恭恭敬敬地遞去。男子行雲流水般簽下「羅羅」兩字，抬起頭來。

四目相視，兩人都呆住了。「雁」，男子的嘴張了張，並未出聲，但北雁看得懂那個嘴型。

北雁心突突跳，腦中一片空白。

她機械地接過下一張客人的請柬，下意識地低頭躲避男人的目光。

男人頓了頓，還是禮貌地往裏面走了，幾個人湧過去和男子握手寒暄，而 Judy 則上來和他誇張地抱了抱，又將手挎在男人的臂膀上……

突然人群一陣騷動，原來是最重量級嘉賓——特首先生來到了，人群圍過去，繼而又簇擁著特首過來，北雁趕緊打開專為特首準備的那頁，請他留下墨寶。

特首始終笑吟吟的，一揮而就寫完賀詞、簽完名將筆遞還給北雁，還很客氣地向北雁道謝。

特首邁步進入宴會廳，後面的嘉賓也陸續跟進去，彷彿一陣龍捲風，將剛才的熱鬧和喧嘩都帶走了。簽到台這裏頓時空空如也，一切都平靜下來。

北雁喘了口氣，一屁股坐到座椅上，想好好回回神。

小漁悄悄地走過來，「雁姐」她小聲地叫一聲，然後一臉神秘地說：「你知道 Judy 的老公今天也來了嗎？哇，我還是第一次見本尊，這個帥大叔的 style 和 Judy 太配了，也是傲嬌高冷型啊！」

「是嗎？！」北雁有口無心地答了一句。心竟然還在怦怦跳著。

一切都太意外了，北雁整個人似乎還在清早的夢境裏。自己心中深藏著的那個人，竟然今生還會再見，而且竟然是上司的老公！

難道他早已知道自己來了香港？不，不可能。

他應該比自己更早踏上這塊土地，那麼是命運安排自己追隨他的腳步，從遙遠的北方漂泊至此嗎？

她腦子極度亢奮，各種想法如萬馬奔騰……

整個宴會廳裏席開六十桌，各界知名人士濟濟一堂。特首講完話，嘉賓們陸續上台致辭。接著一個個訓練有素的餐廳侍者開始上菜。這家酒店餐廳剛剛連續榮膺「米芝蓮」三星，餐廳最為人稱道的鹵水拼盤、水晶蝦球、風乾鵝掌、清真龍躉……很快逐一布上桌。

會場裏氣氛輕鬆而熱烈，賓主盡歡。老闆們一桌一桌地挨著敬酒，不求乾杯，只表心意。本來老闆給北雁安排了主桌旁的一個位置，以示對公司首席記者的重視，但是北雁讓小漁過去坐了，只說讓她過去認識一下同桌的幾位大佬，拓展一下人脈。而自己，則悄悄坐在門邊最角落的一桌，和行政部門的幾個職員湊在一起。

距離遠遠地，她看不到坐在主桌、和老闆們談笑風生的羅羅，可是她卻依舊看得見她和他的過去……

從不喜歡回望生活的她，一下子掉在記憶的泥潭裏，渾身沾滿了塵封的往事。

第十九章

五月花酒吧

那年，互聯網大潮席捲中國。一個朋友拐彎抹角地找到北雁，請她去採訪一家互聯網初創公司。

一個陰沉的北京冬日，一輛破舊的麵包車將北雁拉到北京海淀黃莊。一座簡易樓的二層，走道的地上鋪滿了紙板，推開一個搖搖晃晃的鋁制門，就是這家公司的辦公地了。

三個人正圍在一起商量著什麼，見到北雁進來，公司負責人迎上來：「我是羅羅。」聲音渾厚有力，而人則高大瘦削。

「不好意思，公司目前條件有限，只有這輛舊車去接你。」羅羅看到請來的記者不是想像中粗獷奔放的樣子，而是位小資打扮的淑女，有點意外，趕忙道歉。

聊開了天，北雁得知羅羅是北京人，從北大物理系畢業後去了美國轉讀信息科技，在美工作了兩年，看好中國的電子信息前景，所以毅然歸國創業。

羅羅的公司做系統集成，一堆概念和技術名稱讓北雁聽得雲裏霧裏，不過已經明白了和美國的發達相比，中國在信息技術上還沒有起步，有太多空白須要填補。

羅羅的口才很好。待採訪結束，北雁彷彿聽了一堂別開生面的課，原來新的計算機技術有如此多的應用，將會為人類打開一個新的世界！大腦感到震撼的同時，北雁也深深被眼前這個有理想有激情的創業者打動了。

自那以後，羅羅公司的宣傳，北雁都不遺餘力地幫忙。一方面是欽佩這些創業者的理想和追求，一方面也是對羅羅有些飄飄忽忽的好感。

羅羅畢竟要主持整個公司的工作，就安排了專門負責政府公關和媒體公關的下屬和北雁對接。所以有時候，北雁去公司拿資料或者了解情況，並不會知會羅羅。

但是，令北雁感到神奇的是，只要她來到公司，在辦公大廳也好，在小會議室也好，羅羅都會很適時地從自己的辦公室裏走出來，似乎意外地看見她，然後順勢聊上一會兒。

漸漸地，羅羅的公司逐漸做大，在業界越來越有影響力。

年末，北雁受邀參加羅羅公司年會。這時羅羅的公司已經搬到了著名的海通大廈，並且佔據了上下兩層樓。羅羅在台上講話，講業務、講規劃、講前景，底下幾百號員工沸沸揚揚、情緒激昂。

講到最後，羅羅將目光銳利地越過人群投向北雁：

「最後，我還要特別感謝公司的媒體顧問李北雁小姐，是她專業而熱忱的幫助，才使得公司的形象和品牌效應得以提升！」

一片嘩嘩的掌聲響起來，北雁的臉微微泛紅。一切突如其來！

她有些難堪地望向羅羅，只見他走下台來，穿越眾人直奔坐在最後面的自己而來。她不由自主地站起身迎接他，幾百雙眼睛注視著這精彩一幕。

「遇到你，三生有幸！」

他在北雁面前停下，眼睛直視北雁，坦率真誠、毫無顧忌。

那晚，在年會接下來的娛樂環節中，員工們開始起哄，他倆不得不合唱了一曲，曲名是膾炙人口的《紅河谷》。

直到活動結束，夜已深。她本要告別，他卻意猶未盡。

「留下來聊一會吧！」他請求說。

於是兩人坐在大廈的樓頂，一張桌，兩張凳。

月明星稀、微風拂面，他笑著望向北雁：「我準備好了，are you ready？」

北雁也笑著點頭，快樂來得猝不及防。

當年拍拖的日子究竟是怎樣的？北雁回想不出太多的細節，只能說日子因為甜蜜而過得很快。

這些年來，最常縈繞腦海的就是那個「五月花」酒吧，他們愛的見證之地。

上世紀九十年代末，工體、三里屯的酒吧還沒有後來的如日中天，甚至說，酒吧業在北京也是剛剛羞羞答答地出現。「五月花」酒吧毗鄰西長安街，在莊嚴華麗的民族文化宮對面。因為這裏離北雁家所在的大院不算遠，所以兩人常在這裏見面。

「你在我眼中是最美，每一個微笑都讓我沉醉。你的壞，你的好……」歌聲委婉，歌詞清新脫俗，最能打動戀愛中的人。兩個酒吧駐唱的小伙子其貌不揚，但卻吸引了北雁和羅羅，每聽一回都是一次心靈滌蕩。

「這兩個小伙子有才，以後一定會火。」羅羅一隻手握著北雁的手，另一隻手體貼地撩走從鄰桌飄過來、在北雁面前縈繞的煙霧。

羅羅沒說錯，兩個小伙子不久就以「魚泉」組合亮相於世人面前，很快名聲大噪、紅遍全國。造化弄人，他們因為歌火了人紅了，走出了「五月花」。而「五月花」曾存有的愛情之火，卻燃燒殆盡、日漸微弱。

公司做大，羅羅卻沒有一點鬆懈，他告訴北雁，他的目標是要將公司到美國納斯達克上市，讓跟著他的這幫兄弟可以一夜脫貧，早早地躺在沙灘上曬太陽。北雁開玩笑地駁他：「都去曬太陽了，公司還做不做了？！」

幾次聽羅羅說起，公司有一個強大的競爭對手，據說背後老闆是某位高級領導的公子。雖然起步晚，但眼下卻攻城掠地，逐個搶走羅羅這邊的訂單。公司的業務需要一個省一個省地布網，沒有當地重要人物的支持很難立住腳跟。

目前唯有一個重鎮甘南省，羅羅托關係拜見了主管信息工程的副省長，才勉強保住了。為了這個項目，羅羅基本每週必飛一趟甘南，每次必上副省長家聯絡感情……

羅羅業務越做越忙，北雁也盡量不去干擾他，大多數時候都是被動地等著他來約自己。好在報社的採訪任務也很重，所以也不覺得寂寞。

這天，北雁來到河北一個縣級市採訪。一大早，就坐著加長卡迪拉克從縣政府賓館出發，去採訪這輛車的主人——一位當地著名的民營企業家。

卡迪拉克駛離市中心後，路越走越窄，越走越泥濘，路上的碎石和土堆使得車子上下顛簸。「可惜了這輛好車了。」北雁不禁和同行的縣政府宣傳辦的人嘀咕，心中對這位炫富的土根農民企業家充滿了成見。

到了堡壘式的大院前，大鐵柵門一拉開，一行人進入之後卻是別有洞天，儼然穿越到了一個中世紀的皇家園林裏。穿過好幾道門，走入一個小型的會議室，一桌人已經等在那裏了。

握手、寒暄，北雁未料到，這位企業家看上去人非常樸實，不但沒有商人常見的狡黠，倒反而有一種老實巴交的感覺。

老闆挨個介紹了企業的幾位管理人員，最後停下來，拉起身旁那位略胖的中年女人，女人有著一雙粗糙的手，是一位典型的農村家庭婦女。企業家開口説：「這位是我的愛人，本來她死活不來參加今天的採訪，可這是我第一次要在報紙上露臉，我跟她説：不管怎樣都要和我一起露這個臉！」

女人此刻漲紅著臉，連連擺手，甚至不敢抬頭看面前的一眾人，只喃喃地説：「我不會説話，我不會説話……」

大家都善意地笑了。北雁腦中三百六十度大轉彎，不由地對老闆心生敬意。這對夫婦，讓自己真正地見識了什麼叫相濡以沫，相敬如賓。這是多少年後北雁也忘不了的一幕，那緊握在一起的粗糙的兩雙手，佈滿歲月的痕跡，卻溫暖而實在。

「我們能有這樣的一天嗎？」採訪後北雁有所感，禁不住發短信給羅羅，期待對方看完這個故事回覆她一個「是」，或者，還有更長串的表白。

但是，北雁沒有收到任何音訊。

她哪裏知道，那天羅羅再次敲開副省長家門時，迎接他的是副省長夫人和待字閨中的副省長女兒。副省長之所以給這個無名小輩屢次上門，是因為夫人和唯一的女兒都看上這個北京人……

隨著羅羅的短信回覆越來越慢，越來越簡短，敏感的北雁知道兩人正漸行漸遠。

她陷入失望和痛苦中，但是自尊讓她不能去找他、糾纏他。

越是優秀的女孩子，在戀愛中越是被動。外在的美貌和內心的驕傲綁架了她，讓她時刻都要保持矜持，戴上一副百毒不侵的面具。

北雁無比羨慕大學時的同窗燕軍。

大二時，燕軍愛上了學校高年級的一個師兄，其貌不揚的燕軍愛得投入也愛得勇敢。一次課間休息時，燕軍一定要北雁陪她去師兄上課的教室外等他。過了很久，師兄才和他的一眾兄弟走出教室，而且並不想理會她們。

燕軍卻在那幫男生的哄笑聲中，無畏無懼地將一封情書遞給師兄，還大方地望著師兄兀自微笑……

只有北雁臉漲得通紅，尷尬得無地自容。

遭遇失戀，北雁恨自己不是燕軍，也無法做燕軍。她習慣了被動，不知道自己也可以做感情的主人。這時候只能強壓住自己的心痛，人生第一次感受被欺騙、被拋棄。

初戀，就這樣無疾而終，沒有懷念，來不及悼念……

第二十章

同病相憐

Wendy 江夢一大早送完兒子 Jacob 上學，開車返回住所「雲景峰」。今天的天氣格外好，陽光透過車窗照到自己的身上，溫暖得讓人莫名感動。一路交通也是暢通無阻，人車彷彿一體，有一種盡情奔跑的快感。

以前在北京時，開車卻是一件頭痛的事，雖然整天開著寶馬滿足著虛榮心，但一塞十里地的路況常常讓她崩潰。有一次她約了幾個閨蜜吃飯，正好趕上有國際貴賓訪問北京，全城大塞車。等她趕到時，大家已經吃完買單了。還有北京總是奇缺的停車場，害得她每次出行都要犯焦慮症，有時找個停車位比路上用的時間還要長。

香港人群密集，街道擁擠，但是除非趕上交通事故，一般很少會大塞車。來了香港後，不獨出行，她覺得自己外在的生活品質全方位大提高。吃的方面，牛羊肉來自北歐；大米來自泰國、日本；牛奶是澳洲、新西蘭進口；水果則是來自世界各地的時令鮮果。穿用方面，因為香港對海外進口產品免稅，化妝品、包包、服裝等大牌奢侈品都比內地便宜不少，「購物天堂」果真名不虛傳。

和初來時的陌生不安相比，江夢現在已經逐漸喜歡上這個城市。「真希望能在香港一直住下去……」她在心裏想，她不想再漂泊，她想有一個家，一個有安全感和幸福感的地方。

回到小區，她穩穩地將車停好，從車庫出來就聽到一陣吵嚷。

一輛「白車」停在旁邊5座的樓下，一個滿臉是血的女子正被人抬上車。三個救護人員很麻利地關上車門，車子很快「嗚嗚」地響著鳴笛開走了。兩個人高馬大的警員卻隨著小區保安上了樓。

發生什麼事了呢？自己搬來幾年還是第一次見「白車」上來，江夢隱隱地覺得哪裏不妥。

這是半山上的一個中小型高級花園住宅，共有幾十戶人家，業主和住戶或者是有頭有面的公眾人物，或者就是低調富豪。這類住宅，最講求私密性。雖然一層有兩戶，但平時大家幾乎都不碰面，只有在會所裏才會遇到些個左鄰右舍。有時是在會所的泳池裏、健身房裏，有時是在會所餐廳或者 cafe 房裏。這裏只有家傭們彼此之間最熟悉了，因為幾乎家家養狗，家傭們每天都要出門遛狗，順帶聊天聚會，樓下的平台花園道反而只給她們享用了。

李達明當初也是看中了這裏的安靜隱密，所以才每月花近十萬租下來，供他們母子棲息。因為要秉承李達明「要低調」的指示，江夢處處小心翼翼，偶爾見到人，至多也只是淺淺一笑，從不與人搭話。但是……

江夢想起兩個月前，自己在會所的跑步機上剛下來，正要擦把汗，就見旁邊的跑步機也下來一個少女，穿了一身運動裝，頭髮高高地扎起一個馬尾。她衝江夢笑笑，然後徑直走過來打招呼說：「姐，你也是國內來的吧？」

江夢點點頭，不敢多說什麼，轉身想走，沒想到少女卻敏捷地撲過來搭住了她的脖頭，很親熱地叫到：「姐，我見過你好幾次了，覺得你特別面善，能聊兩句嗎？」

江夢一時愣住，不知該如何推托。在香港住了幾年了，已經習慣了周圍人都是彬彬有禮、適可而止地保持距離。聽著少女一口親切的普通話，尤其這種毫不生分的親熱，江夢其實從心底裏萬般受用呢。

似乎為了打消江夢的顧慮，少女嘆口氣說：「姐，我搬這裏三個月了，連個能說話的朋友都沒有，悶得快要發瘋了。那天偶然在會所見你和服務員說普通話，我就特別留意著你，希望能和你聊聊天呢。」

啊，江夢一下子被觸動了，這不也是自己一直以來的心境嗎？孤獨、寂寞，想傾訴又無人聽，也不敢說與人聽……

於是，兩人就在Cafe吧裏坐下。聊開來，江夢才知對方叫余菲，看著嬌小，卻已不是什麼青春少艾了。余菲其實只比江夢小五歲，但人情世故似乎皆比江夢練達。說起來自己的身世，竟是比說書的還精彩。

余菲從小就聰明伶俐，愛唱愛跳，雖然是出生在雲南一個小縣城，但卻立志要到大城市改變人生。

十八歲那年，她在當地唱歌已小有名氣，然後命運的眷顧來了，一個電視劇導演偶然看到了她唱歌的 Video，就邀請她到劇組試鏡，最後雖只演了一個小配角，但生活卻為余菲打開了一扇門。

她輾轉到了北京，和一幫子「星夢」青年住在地下室，即便有時吃不飽穿不暖，每日裏卻充滿了熱血和希望。

可是，圈子裏的各種酒局混了很久，還經常被人趁勢摸一把，摟一抱，酒和笑陪了不少，戲卻沒撈上一個，更別說一夜成名了。明星夢漸漸地醒了，人也快形容枯槁了。女孩子的青春，實在經不起三年的消耗哪。

就在心神不寧、猶豫徬徨的時候，一次隨著一個所謂的圈內「腕兒」，去了那時還沒被查封的「天上人間」，不期而遇了一個真正的文藝界背後的大佬。想當時那麼烏泱泱的一群人，美女們個個鶯聲燕語、賣弄風騷，不知道大佬為何就看上了自己。

於是，本來因為欠租就要被攆出京城的余菲，沒有選擇地跟了這個大佬。糊裏糊塗地，不知大佬年方幾何？有無妻室？大佬不說，自己也不敢多問。

「愛是奢侈品，活著才最重要。」余菲漸漸醒悟。在北京住著一個二百多平米的豪宅，出門有豪車代步，雖然大佬不經常來，但每月秘書拎著一個黑口袋，準時送來十萬生活費。這樣的生活，余菲也是相當知足了。

直到有一天，秘書突然通知她到同一小區的另一單元去打麻將。

一進門，差點把她驚呆了：這一戶和自己的房子不僅格局相同，裝修一樣，就連傢具和窗簾擺設也似乎是統一定做的。

幾個時尚女子坐在桌邊喝著茶。一個年長一點的就對著她喊：「你是小六吧，進來吧！」

她唯唯諾諾地坐下，其他幾個女子都面無表情，卻都用眼角偷偷打量她。

「你先坐著吧，我們先打著，誰累了呢就替一會兒。」年長的那個叮囑她。

漸漸地，余菲終於搞清楚了，這五位女子和自己一樣，都是大佬的人。除了年長的那位是正室，其他都是沒名沒份的。這且不說，余菲做夢也沒想到的是，大佬把她們六個，包括有孩子的，全都安排住在這同一個小區，所有待遇也都一視同仁，每月生活費和福利同時發放。

「姐姐，你說搞不搞笑？搞不搞笑？！」余菲說完就「咯咯咯」地大笑起來，笑到自己岔氣不說，眼角還都是淚。

江夢也半天緩不過神來，不由得喃喃自語：「這真是比電視劇還精彩啊……」

余菲終於笑夠了，對江夢說：「姐姐，你一定想問我為什麼不離開吧？你想想，在北京我混過幾年，深知像我這樣的女孩子有成千上萬，有幾個像我這樣吃穿不愁的？我不敢離開也不想離開呀……」

「那你現在怎麼來了香港？」江夢有點不解地追問。

「幾個孩子都要上學了，大佬看中了香港的教育，想集體把我們都遷過來，但身份只能一個一個想辦法辦，這不我年輕就先來打前站了……」余菲苦笑著說。

江夢也無語了，多麼坦蕩的女孩子！她正犯難要不要也要向對方講講自己，交一下心，余菲卻心如明鏡、連連擺手說：「姐姐呢，不用說什麼，我也基本能猜到你的情況，我只想找個人說說話，第一次見到就感覺只有你不會嘲笑我，所以今天才會纏上你。」

江夢鬆了口氣，心中卻存有一絲歉意，也可惜這麼好的女孩子，竟然和自己一樣命途多舛。

「姐姐，有時候我就瞎想，比如咱們住的這麼好的小區，有無敵海景，有大片的草坪，可是僱主們有的人忙著事業、忙著賺錢，一早出門天黑才回，哪有空閒天天欣賞這風景；還有咱們這樣的，天天守著藍天白雲、海天一色，可是心裏每天都是坐困愁城，一腦門官司，也是毫無幸福感。只有小區的這些家傭們，每天活得最踏實，守著自己的本份，買菜做家務，邊幹邊哼著歌，拿著勞動所得來的薪水，她們才是人生贏家啊！」

話雖有些偏頗，但也不無道理，江夢頻頻點頭。心下感嘆：余菲不愧是搞文藝的，心思確實細膩呢！

一番傾訴後，兩人似乎都有些尷尬，余菲吐完憋在心裏很久的一堆垃圾，自己也覺得自己髒得難堪，江夢則像是窺探了別人的秘密，其實內心也是不堪一提的心虛，所以兩人誰也沒提留個電話再聯繫。

江夢就再沒見過余菲。

坐電梯回到家後坐下來，江夢砌上茶，正兀自琢磨著剛才樓下所見，菲傭就驚慌失措地拉著狗進門了。

「Madam，太可怕了！5 座的一位中國來的太太被黑社會的人砍傷了，聽說是太太和以前的情人私會，被先生知道，派人來懲罰了……」

菲傭用不太順溜的普通話斷斷續續地說著，整個人似乎被嚇到了。

江夢心中一緊，先是吃驚害怕，接著她明白過來，一種同病相憐的哀楚湧上心頭，久久揮之不去……

第二十一章

還是見面了

「是我……」電話那頭，他的聲音清晰溫厚。

「我們見個面吧。」

北雁想假裝無情地拒絕，卻終究不捨，這一刻，她禁不住淚如雨下。

明明知道這注定又是一場虛空，可是人到中年的她，就是不捨那個青春無妄的夢境。她懷念、也貪念那種心跳、那種沉醉、那種全情投入的瘋狂。

上午十一點半，中環的金融狗們都還在寫字樓中忙碌，IFC（香港國際貿易中心）裏顯得空空蕩蕩。

北雁乘扶手電梯往上，即使電梯上空無一人，她也習慣性地站在右側，這是香港人共同遵守的生活規則之一。IFC是整個港島最大的商業和寫字樓群，各個高大上的名牌店、電影院、餐廳、超市都匯聚在這裏。

二樓有「蘋果」在香港最大的專賣店，今天可能有新品推出，諾大的IFC只有這裏排起了長龍，龍尾甩出了好遠。但是這支隊伍也是靜靜的，沒有製造出一點噪音。

三樓的 Fuel 咖啡店只有零星的三四個人，有人翻看手機有人喝著咖啡發呆。

他還是早到了，一如從前，約會從不遲到。

他還是那樣的身形修長，坐姿筆挺，臉上掛著微微的笑。只是，以前創業時總是亂蓬蓬的頭髮，如今梳得格外齊整。

「喝點什麼？」還是那句話，在「五月花」、在許多地方他總是這樣問她。

「老樣子。」她也總是這樣答。

一瞬間，她覺得生活也是老樣子。他們還在十年前的某一天，一切都沒有變。

「Waiter！」他抬手招呼著服務生，還是習慣性地彈了一下手指。

一杯拿鐵，一杯卡布奇諾，兩人相對而坐。

一時竟無語。

半餉，羅羅才無限感慨地說：

「看到你，我又想起了自己的青春歲月……」停頓一下，他又說：「那麼乾淨而透明。」

北雁卻心神恍惚，昨晚幾乎一夜無眠，醞釀了無數的話，眼下卻不知從何說起。

「你就是個渣男！」她突然張口蹦出一句，把自己也嚇了一跳。

這句憋了多年的話，竟如此毫無預謀地跳將出來，令她吃驚，但也感到相當快意。

北雁甚至不知道，自己不計前嫌地來見他，是否就是為了吐出這口堵塞已久的怨氣。

「我現在說什麼都沒有意義，我只想請你原諒……」

「公司當年被人狙擊得厲害，我只短暫地和女方交往了一陣，其實根本心不在焉。後來不再聯繫你，是因為公司的事。想必你後來也知道了，我們因為一場法律糾紛被折騰得破產了。我，有些無法面對當時的一切，包括面對你……」

唔——沉默良久，北雁一直沒有看他，只托著腮凝視遠方，她看著商場裏的各家店鋪，此時紛紛打開了門準備營業。

自己多年的心結，沒料到他這麼簡單的幾句話就要了結。她不知道他所說是不是實話、真心話，但是——，無論如何，她願意選擇相信。甚至，內心裏還有些心疼起對方來。

「包括現在，我和 Judy 就是做做樣子。我們是開放式婚姻，我需要她的身份幫助我成為香港居民，她讓我資助她金錢和人脈，就是這麼簡單。」

「啊！你們……」剛剛柔軟起來的北雁此刻心情急轉直下。

多麼荒謬的事！多麼荒唐、不可理喻的人！

觸手可及的羅羅，倏忽之間又離自己遠了。

雖然早就知道在精英的世界裏，有太多虛假偽裝、太多爾虞我詐，但如今真實地發生在自己身邊，發生在羅羅身上，北雁一時心塞得難以消化。

「你知道你這樣是多麼不負責任嗎？對你身邊的所有女人！」北雁正色道。情感的潮水褪去，理智終於回歸。

「你一直就是個簡單的人，眼中非黑即白。你不知道這個世界有多少無奈多少權衡，有些事，不是一句對或不對就可以概括的。」羅羅幽幽地說，似乎北雁還停留在青春爛漫的當年，而他卻歷經劫波、跨越歲月的滄桑穿越而來。

「後來我轉向做金融了，也搭建起了自己的金融王國。」羅羅轉移話題。他抬起手腕時，北雁瞥到了那是最經典的一款勞力士金錶，是男人身份和地位的象徵。是的，看看羅羅一身頂奢商務休閒裝，就知道他已脫離當年艱苦奮鬥的處境，步入了另一種人生。

雖然如今的羅羅聽起來事業有成、志得意滿，但是北雁總覺得，羅羅還是對自己隱藏了什麼。

她曾經以為自己了解他，其實她根本看不透他，從前是，現在還是。

與羅羅見面後的幾天裏，北雁一直試圖讓自己淡忘那天的重逢，可有關羅羅的一切卻總在心頭縈繞，揮之不去。

她有點後悔在羅羅的追問下，告訴了他自己離婚的事。她總想起羅羅聽到這個消息時，眼神突然一亮，但那點火星又迅速熄滅的反應。她也不知道，作為舊日戀人，羅羅是希望看到到她有幸福和諧的家庭，還是夫離子散的現狀？

臨近放工，這一天在忙碌中尋找寧靜的北雁，突然接到羅羅電話：「雁，下樓，我在樓下。」

北雁想拒絕，可是嘴巴已經不聽大腦地答應了。

女人是不是都像自己這樣割裂呢？明明被傷害過，知道對方和自己不是同路人，但還是想他、見他、走近他。北雁矛盾得厲害，也有些看輕自己。

「非要再次頭破血流才能徹底忘掉他嗎？」她責備自己。赫拉克利特說：「人不能兩次踏進同一條河流。」其實也提醒人不能犯曾經犯過的錯，可自己為何還有難以克制的衝動？難道是離婚後在情感上太寂寞孤單了？

站在報館大廈的門口，一輛黑色轎車悄然在北雁面前停下，他還要按慣例下車給北雁開門，被北雁制止了：「別下來，我自己上去，這裏太多熟人。」雖然自己已回復單身，但是北雁不想如此張揚。

「想去哪裏？」他問。

「隨便走走吧。」她答。

「去淺水灣。」羅羅轉頭對帶著墨鏡的司機說。

香港的初春，雖然沒有四季分明的北方那麼溫馨，卻是清爽舒適的。天色澄淨，空氣中有一絲甜甜的寒意，卻剛好沁人心脾。

車行一路，漸漸遠離了高樓林立和城市的喧囂。車窗外，碧藍的大海在陽光下起起伏伏，灑滿了金色的碎片。來香港幾年，北雁始終在為生活奔波、為現實掙扎，難得享受一下香港的自然美景。眼下的這一片藍天碧海，頓時讓北雁心也舒暢起來。

「老闆難得如此放鬆，丟下公務來陪美女……」司機是羅羅從內地帶來的，顯然和羅羅關係不一般，所以才敢如此油膩地打趣他。

羅羅呵呵地笑了兩聲，手伸過來，握住了北雁的手。

北雁下意識地將手抽回來，內心對羅羅又有了抗拒。

「其實我曾經想過，如果有一天我遭遇車禍血灑街頭，會不顧一切來救我的，也只有你了。」羅羅突然沒來由地冒出這句話來。

後面有輛車，好像一直在跟隨他們。

北雁有些不安，羅羅感覺到了：「那輛車坐的是我的保鏢。」

「保鏢？」北雁驚訝地問。

以前看了太多港產警匪片，總覺得香港乃槍戰、土匪、黑社會橫生之地。來了香港生活，才知原來這是一場誤會。香港不僅是大家眼中的福地，從無地震、海嘯等自然災害，就連治安，也是世界上少有的低犯罪地區。大家傳統印象中的黑社會，大多已轉型洗白為各類正經公司，從事影視、零售等行業，涉足香港人生活中的各個領域。

那麼，羅羅為何隨時帶保鑣呢？北雁隱約感受到背後有蹊蹺，卻不想細問。

下了車，兩人踏著細沙往海邊走，慢慢的。

已經十年了，卻恍如昨日，往事一件一件地湧上心頭。

還記得那一次，他出差一個月回來，當晚一定要見她。彼時已將近午夜，家人都已睡下。北雁的尋呼機收到他的信息，說自己人已經到了北雁家附近。

於是，她就像一個私會情郎的公主，悄悄地關門、溜下樓。果然，出了小區大門，就看到他的身影在夜色中忽明忽暗。

「去哪裏？」他問。

「去五月花！」她答。

他們穿行馬路中間，車流如注。他突然就興奮地抱起她，旋轉、旋轉、再旋轉，像孩子一樣歡呼著。兩邊車燈交織，喇叭齊鳴，她以他為軸，飛起來了。

華爾茲舞曲在耳邊響起，她彷彿置身霓虹閃爍的舞台。身邊的一切都是飄忽的背景，只有他們兩人是這夜晚的主角。不管它山崩地裂、斗轉星移，只管盡情舞動、肆意開懷。

她興奮地尖叫、大笑……那醉人的愛情，如此危險如此瘋狂。

如今，這中年人的相處，卻是內斂矜持的。

雖然也竭力找話題，可是任何對答，都已經深入不下去。再進一步就會牽扯到彼此陌生的人，彼此陌生的事，沒有拉近距離倒反而提醒了他們：一朝離別天涯路，相逢已是萬事非。

於是大多數時候，他們只是面向大海，安靜地聽著海浪拍打的聲音。

「也許這些年來，我始終放不下的，只是自己投入了太多的情感，和最寶貴的三年青春時光，卻和眼前的這個人沒有任何干系。」北雁拷問着自己的內心。

海的另一頭是山，也是北雁喜歡的作家蕭紅的墓地所在。

靜靜地躺在這裏的蕭紅是寂寞的，北雁的心也是寂寞的。

第二十二章

聆訊和路演

自從步入上市計劃，李達明每天一到辦公室，秘書就會拿來律師、會計師發來的一大堆文件。看到這些他心情複雜，一方面覺得壓力巨大，一方面又覺得很踏實。如果某一天一個傳真和電郵都沒收到，他就覺得心裏發毛。他特別交待秘書，每晚離開公司時要認真檢查傳真紙，一旦紙少了就要馬上續上。

新洲科技的合作夥伴們同樣不輕鬆。

為了寫好招股書，東方大時特派了兩名職員來北京駐紮在公司裏。因為他們不太了解這類技術型企業，寫起來難度相當大。寫完了以後大家溝通一次，然後再寫、再溝通，來回地改。為了搶時間，兩人竟然四天四夜基本沒睡覺。

後來兩個人坐在辦公室裏，眼睛都睜不開了。一個年輕一點的，剛從美國回來，身體特別好，還能勉強支撐。另一個年紀大一點的，已是說話的力氣都沒有了。

待到最後定稿，已經是第六稿了。

招股書終於寫完，下一步更艱巨的工作就是承銷團律師對招股書進行逐步驗證。李達明安排公司的陳副總裁來配合律師們。

這項工作的繁瑣程度令人難以想像，要求招股書裏的每一句話，都必須要出示相應的證據。例如「新洲科技是在北京順義區註冊成立的」，要拿註冊文件來，說「人民幣是中國的法律貨幣」，得拿證明來。

三個律師圍著這位副總裁，三個小時過去了，剛進行了兩個自然段。

陳副總北方大男人性格，就跳起來喊：「這哪兒成啊！太煩了、太煩了！」

律師攤開雙手說：「就這麼煩！」

待陳副總發完了脾氣，律師就說：「繼續來吧！有些美國律師沒有飯吃，就拿著招股書逐字逐句找毛病，一旦找出毛病就罰你的款。所以你要是想上市就得經歷這麼痛苦的過程。」

律師們有一個驗證筆錄，隨著工作的推進筆錄也越來越厚重。雖然工作量超乎想像，但眾志成城，在各方的同心協力下，本來預期二十天的工作最後用了七天就搞定了。律師們因為勞累而蒼白的臉上又有了血色，彷彿走了一個輪迴終於重回人間。

年紀大的那個律師一邊捋著淩亂的鬍子一邊高興地說：「做了這麼久業務從來沒有如此高效，新洲科技配合得太好了。」

李達明自然也是鬆了一口氣，暗暗祈禱上市的後續工作能一帆風順。

終於等來了香港聯交所聆訊的那一天。聯交所上市委員會按照慣例先是審查材料，向保薦人、律師提問，之後十幾個委員要舉手表決。

這一天李達明和公司上上下下都異常緊張，新洲科技能否上市，全在此一舉了。期待、疲倦、煩躁，無情地困擾著李達明和他的下屬們，整個辦公樓的空氣中也帶著一股子焦慮。

不知是否因為情緒不安，大家都在拼命地飲水、喝咖啡，大半天裏洗手間進進出出人就沒有斷過！負責保潔的大姐一直在忙，但仍然笑眯眯地充滿同情和理解。

直至傍晚時分，東方大時傳來信息：聆訊通過，一切順利！

公司裏立即沸騰了起來，幾個高管擦著眼淚，年輕的員工們在樓道裏又叫又跳。

李達明高興之餘卻依然不安心：聆訊通過，上市的可能還只有百分之九十。

接著，一個特別的臨時機構——「新洲路演團」搭建完成。

在東方大時銷售部美女們的陪同下，「新洲路演團」的主要成員——李達明和兩位公司副總，要輾轉於香港、新加坡和美國，開始上市前的最後衝刺——巡迴路演，向機構投資者推銷新洲科技。用女兒一灣的話來説，就是去當「掃樓」的推銷員。

在香港，投資銀行所租用的寫字樓面積都不算大，但所控制的財富卻相當驚人。你隨便推開一家投行的門，面對的就是一個實實在在的金融帝國。就拿「富理慧」來説，手中掌握著五千億美金的財富，一個公司就相當於一個小國的所有金融資產，所以説「富可敵國」不是沒有根據的吹噓。投資銀行家們則是金融界的頂尖人物，要想從他們口袋裏掏錢，必需給他們一個充足的理由和信心，苛刻的他們也許不會對某個企業做公開評價，但是是否認購企業的股票就擺明了他們的態度。

李達明一行到了香港，在位於中環核心位置的「文華東方」酒店住下。每天七點準時起床。平時穿著隨便的他們，此時都按照業界的習慣，西服、領帶、皮鞋收拾得一絲不苟。從九點開始，他們將以每天十家的頻率去推介新洲。

李達明一合計，平均下來，路演團每小時就要拜訪一家投資機構，這中間還包括從一棟樓到另一棟樓的路上時間。李達明彷彿真正理解了什麼叫「路演」，「咱們就是兩隻腳在路上奔波、一張嘴在樓裏表演！」他和大家打趣説。

等到午飯時分，大家都沒心思吃東西，隨便湊合一下，就趕赴下一家基金。

一天下來，人人腳掌都磨出了水泡，身心俱疲，但晚上還要和大時的成員一起歸納投資銀行提出的問題，總結經驗，經常要折騰到午夜。回到酒店後，路演團成員之間還要再溝通交流，有時還未討論完，東方已露魚肚白了。

就這樣連日在香港高聳林立的寫字樓群間穿梭奔走，李達明他們已經拜訪了近五十家基金。

也許是受近期香港股市中內地股票表現不佳的影響，幾天下來，除去路演前已接到的來自美國的一筆七百萬美元認購單，香港的財神爺們都了無音訊。

這天，路演團如期召開招股推介午餐會。心懷惆悵的李達明精心準備了推介講演，準備搏上一搏。從小，當眾講話就不是他的長項。妹妹李北雁當年經常代表學校參加朗誦和辯論賽，他這個訥言的哥哥也只有羨慕的份兒。

但是人的任何缺憾都是後天可以彌補的，自己就是一個最好的例子。創辦公司後，無論是當眾講話、還是各種管理協調能力，對他這個理科生都是一個艱巨的挑戰。但是他就是有一股子韌勁，別人的休息時間，他看書，聽錄音，各個方面都提升很快，逐漸成為一個有魅力、有魄力的管理者、企業家，口才也是今非昔比，不僅能夠口若懸河，語言措辭還極富有鼓舞性和煽動性，從而妥妥地具備了一個權威型老闆的素養。

一番精彩的發言贏得了長久的掌聲，李達明將新洲的業內權重、市場前景、盈利預測一一道出，他不信這些嗅覺敏銳的銀行家們看不到這成千上億的真金白銀。

推介會圓滿結束，從宴會廳出來，到飯店門口僅有短短的十幾米路程。路演團成員、東方大時、財經公關的工作人員都一路沉默著，所有人心中都是惴惴不安。突然大時的一位總裁的手機響了，匆忙接完電話他就哈哈大笑起來，衝著李達明做了個「OK」手勢。

大家都明白路演後的第一筆單已經搞定了。

電話還在陸續打進來。長河實業旗下一家基金在「掃樓」後一直未置可否，此時卻對東方大時說：「路演就是要給投資者創造概念、編織故事，但是你們推薦的新洲也太實在了，連編故事也不會。我已經下單了，不是他們說服了我，而是我通過材料和調查發現了他們的投資價值。」

最終，大時的統計結果出來了，路演團在香港拜訪過的所有基金全部下了單，新洲科技僅在香港一地就已經超額認購了八倍。

香港連日來的天氣一直濕漉漉地不見天日，今天陽光卻力破雲層，釋放出久違的光芒和無盡的暖意。李達明如釋重負，心中竊喜：「終於可以去看看他們母子倆了。」

一想到兒子 Jocob，李達明不自覺地就微笑起來，從內心透出滿足和快樂。這麼些天的忙碌勞累，瞬間就釋放了。父母作為知識分子，觀念並不陳舊，從來未提過傳宗接代的要求，但是自己作為北方漢子，骨子裏就是覺得要有兒子，人生才圓滿。

女兒一灣雖然也很優秀，但是畢竟是女孩子家家，真被人欺負了還得自己這個老爸去保護。兒子 Jocob 聰明伶俐，小小年紀就很內斂沉穩，是自己未來的希望和力量，尤其在企業做大後，更需要兒子來接班承繼。

自己做企業的意義是什麼？是為了家人生活得更好，更有安全感，並不是出於所謂的理想和壯志。在這一點上，他不想給自己戴高帽。

雖然企業做大了，有時候會盡一些社會責任，在接受記者採訪時會說一些冠冕堂皇的漂亮話，但自己的內心，和中國大多數企業家一樣，因為創業和發展之路佈滿荊棘，有太多難言的艱辛，一朝成功，會格外吝惜自己的家業。即便有再高的修行，也無法像國外的資本家一樣慷慨，動輒捐出全部身家。

中國企業家群體中少有大慈善家，既有其文化背景，又有現實原因。

第二十三章

咖啡廳裏「撞見」

Carmen 手機上的朋友圈最近極速地擴大，就好像一個苗條女子突然間發起胖來，身形變異得連她自己也懷疑：這還是我的身體嗎？

如今 Carmen 也時常反問自己：啥時候自己就有了好幾千的微信朋友，這要是發一個朋友圈，幾千個人關注，自己不是儼如一個網紅了嗎？！

其實，Carmen 不想做網紅，她只想做好自己的工作——賣保險，不對，應該是理財顧問。隨著入行的時間漸長，她越來越熱愛這份工作。

首先，公司每月兩次的培訓，讓她彷彿又回到學生時代，終於可以重新真誠地學些知識了。之所以真誠，是因為學習的動機完全不同，以前做學生時，上課溫書寫作業，是多麼地被動不情願啊，老師的聲音永遠就是催眠器，一上課自己就昏昏欲睡的。

然而現在不同了，重回課堂，自己已懂得要無比珍惜，每次培訓她都全神貫注地吸收有關財富、有關健康的最新知識。幾節課上下來，立刻覺得以前內心空空的自己變充實了。

「充電」後的自己，真是神清氣爽，不亞於做了一次心靈整容呢。

其次，每週兩次的小組會議和聚餐，讓她從一個「散兵游勇」找到了組織，體會到了歸屬感。以前雖然通過去教會、去參加興趣班，認識一些朋友，但只有入了公司，才遇到一群志同道合的同事。大家除了研討業務，還在一起吃吃喝喝、八卦調侃，不時地一起去拜佛、爬山，再去KTV哄唱一晚，熱鬧、有趣，這才是生活，自己想要的生活呢！

最後，自己終於也有收入了。雖說剛入門，不像那些MDRT/COT之類，動輒年入百萬計，但是算下來每月平均幾萬塊錢的收入，比起那些起早貪黑、每日加班的金融狗，已經相當知足了！

唯一讓Carmen糾結的，是與老公的關係出現了問題。

本來，老公是支持Carmen出來做點事的，反正也不用天天去坐班，有一搭無一搭地幹著唄，老公想，總勝過天天在家胡思亂想，連自己的褲子口袋也能翻上半天來回檢查。所以，開始的時候是積極鼓勵的。

但是，保險這碗飯吃的是什麼？是人脈，是關係啊！Carmen給家裏親戚能買的買上了，就只能絞盡腦汁拓展新客戶，在紅姐的啟發下，決定還是從自己的中小學同學圈去開疆擴土。

於是，Carmen 回了趟江蘇老家。自從十八歲離開家鄉到北京上大學後，Carmen 就以北京人自居，對老家那幫俗氣的舊同學愛搭不理，但這次卯足了勁要恢復正常的邦交關係。

先是找了個高檔飯店請幾位女同學吃了飯，又將從香港買的進口香水一人送了一瓶，這些同學雖說以前都在背後罵 Carmen 小人得志，但收到禮物個個都是眉開眼笑的，以前的妒忌怨恨一股腦兒丟到洪澤湖裏了。

Carmen 心裏因此更瞧不上這幾個了，但還是暗喜自己初戰告捷。然後又趁熱打鐵，分別建了小學同學微信群和中學同學微信群，私下想著要把所有的同學都聚集來才好，那個電影叫什麼來著？對了，「一個也不能少」。

這一發就不可收拾了。她的人際圈子就像一方湖面，本來平靜得好像空無一物，但是突然有一天丟進了一粒石子，馬上掀起一串串的漣漪，好像蟄伏多年就等著 Carmen 的到來一樣。

一個串上一個、一群串上一群，Carmen 終於將自己多年空缺的人際關係網來了個「十全大補」。最後問題來了，該如何開口和大家提保險？將這些朋友變成客戶呢？思忖良久，Carmen 只能分散火力，各個突破了。

於是老公發現 Carmen 的心開始不定了，以前每天晚上照顧女兒 Amy 上床後，就按時按點地上床休息了。現在即使上了床，也靠著床頭「嘩嘩」地刷手機，有時一搞就是半夜，連老公也沒心思搭理。

「抱歉抱歉哈，我在給客戶講業務呢！」Carmen 感受到了老公的不滿，嘻嘻哈哈地解釋。

「不能白天搞這些嗎？」老公可沒消氣。白天在公司累了一天，回家一點溫暖和服務都沒有，這日子過的！

「哎呀！這些客戶白天有的上班有的打牌，都忙著呢！我只有晚上才能逮著他們，和他們討論方案啊！」

「你！……」不善言辭的老公也是無語了。

Carmen 心中畢竟還是知道老公更重要，所以就規定自己還是準時休息，但是手機可不敢關，就供在床頭，如果有人咨詢，自己就是個小丫鬟隨時聽令伺候著。

只是如此一來，老公的呼嚕聲就常常被突然響起的「叮咚、叮咚」手機短訊打斷，就因為這麼小的芝麻事，老公又生氣了。

不過，夫妻反目最後的導火索卻不是手機，而是因為一個「撞見」。

因為業務的需要，Carmen 約人吃飯、喝 Coffee 是避免不了的。

同學、親戚、朋友、朋友的朋友、朋友的朋友的朋友……

「歡迎大家來香港，來了都是客，來了就約飯！」Carmen 在朋友圈時不時就發出這樣的邀約。

果然，從此這世界來來往往，Carmen 的日子就是流連的酒席，只是吃客換了一撥又一撥。

那一天，有個中學男同桌要來香港出差。微信裏一通寒暄，自然地，就約了在港見面。Carmen 還記得當年這個同桌貌似對自己並不友善，比如故意撞翻自己的筆盒，胳膊肘經常頂到 Carmen 的胳膊。起初 Carmen 被惹得直掉眼淚，後來也是以牙還牙，性格也越變越烈。

Carmen 至今都懷疑：自己的男人婆性格是否就源自這個男生的霸淩？後來自己大學考到北京，又認識了學霸老公，生活從北京到香港一路開掛，和這個男同學從未聯繫過。

如今畢業多年，當年的恩怨早已風輕雲淡，更何況這個同學現在是老家經濟部門的一個要員，此次來港就是帶隊來推廣家鄉，招商引資。男同學邀請 Carmen 參加上午在港島香格里拉大酒店舉行的「引資招商會」，Carmen 相當開心，這種會議來的除了政府官員，就是當地有頭有臉的企業家，也就是難能可貴的「高淨值人群」，正是多認識一些潛在客戶的好機會呢。

到了會場，Carmen 四處穿梭，忙著和人換名片、加微信，一轉臉卻看見了李北雁。

北雁接到這個採訪任務，也就是打算來點個卯，吃個午宴，然後回報社發個小豆腐塊消息。每年的三、四月份，香港的這種招商會多如牛毛，全國各個省各個市各個縣，都要拉隊浩浩蕩蕩地來「東方之珠」亮亮相。

早些年，中國剛剛對外開放，這樣的招商會應運而生，務實且有剛需。然而到了現在，已淪為各地各級政府的「面子工程」了。轟轟烈烈的熱鬧背後，中港合作意向説起來不少，實際能落實能簽單的則少得可憐。再説得難聽點，就是成為各地要員免費來港旅遊購物的「藉口」了，實在是勞民傷財。

Carmen 不理會北雁的無精打採，她整個人都沉浸在一種亢奮狀態中，今天果真是收穫大大的。心中正感激著老同學給了自己機會，看見北雁突然腦子就一激靈，一把抓過北雁的胳膊説：「大記者，拜託快給我老同學做個專訪吧！」

還未等北雁推脱，就將老同學拉到北雁面前，彼此介紹換了名片。

「領導，我的閨蜜可是香港的名記呢！她想給你做一個專訪，再配個大照片！」

「什麼名記！」北雁嗔怪道。

專訪就專訪吧，看見 Carmen 的老同學態度也很積極，北雁不能不給 Carmen 這個面子。

採訪過後，吃完午宴，老同學約 Carmen 和北雁喝個下午茶。

「你們慢慢敘舊吧，我還要回報社寫稿。」北雁堅決地告辭了。

Carmen 就一個人在酒店的咖啡廳裏等。老同學送走最後一撥客人，及時地趕過來了。一臉笑容地重新和 Carmen 握手寒暄。

老同學一開始還脱離不了官腔官調的，及至喝下幾杯紅酒，又聊起中學往事，八卦了幾位老師和同學，終於找回舊同桌的感覺，説話也正常了。

於是他就聲情並茂地説起自己當年對 Carmen 的暗戀。

「不怕你笑話啊，後來你向老師告狀，老師把我調到其他座位上，我真是失落好久，回家氣的把拳頭都打紅了……」

啊？Carmen 太意外了。整天欺負自己的這個小個子男生原來是在暗戀自己？一時腦子都轉不過彎來了。

Carmen 竭力在記憶深處搜索蛛絲馬跡，以印證老同學的話。老同學卻越説越激動，最後情不自禁地伸手抓住了 Carmen 的手。

還是那句老話：無巧不成書啊。偏偏這會兒 Carmen 老公來酒店參加一個港交所主持的證券業合規研討會，看看時間尚早，就打算來咖啡廳喝一杯，打開電腦整理個材料。結果一眼就望見 Carmen、望見了老同學的舉動。

真是「跳到黃河也洗不清」，Carmen 深刻地體會到老話的威力。

她想解釋，但又不知從何說起。老公則一副手握實證，讓你百口莫辯的倨傲姿態。

如今的女性，平時貌似傲嬌自立，可是遇上這種事，和古代女子又有什麼分別！

夫妻倆人的冷戰就這樣拉開了序幕。

第二十四章

飛來橫禍

巴士中擠滿了人，臭臭皺著眉頭，不停地砸吧著嘴，那「嘖嘖」聲刺激著蔚然，她的心更加焦灼起來。

下午兩點是臭臭的鋼琴考級時間，考場在西環，已經1:45了，可她們乘坐的巴士還像蝸牛一樣在銅鑼灣繞來繞去，原來的站不停了不説，還臨時改了線路。

蔚然望向窗外，一年一度的香港「同志」大遊行正如火如荼地進行著。

長長的隊伍似乎望不到盡頭，很多人手持大大小小的彩虹氣球、旗幟，有人拿著袋子，邊走邊給看熱鬧的途人發放紀念品和宣傳小冊子。隊伍雖然以二、三十歲的年輕人為主，但也不乏中年人，甚至還有幾位坐在輪椅上的老人。「擁抱差異」、「擁抱不一樣」，隊伍中不斷有人喊出口號。

本來可以好好見識一下這個熱鬧場面，但蔚然卻實在沒心情。母女倆此刻在巴士上如坐針氈。

蔚然很後悔，在臭臭這個重要的日子，沒有選擇去坐不受阻滯的地鐵。臭臭的鋼琴考級一年只有一次機會，這次錯過了，直接影響到未來的學習和升級，你説能不讓人心急如焚嗎？

巴士依然被阻塞在一個紅綠燈口，一點也不在意時間的流逝。蔚然不停地看錶，心中幾近絕望。她拼命擠到車頭，厚著臉皮央求司機：「司機，唔該啊，小朋友考試要遲到，可不可以前面停下車，我們轉乘地鐵？」

車裏的乘客也不乏焦慮煩躁，很多人也應和起蔚然：「嗨呀，舊站牌那裏停一下，大家要落車啊！」

司機沉默半晌，才慢慢回答：「這一段現在都沒有站了，我不能隨便停車，公司都有監控的。」

無論蔚然再説什麼，司機一直目視前方，態度決絕。

蔚然看到臭臭的眼淚已經在眼眶裏打轉。蔚然心痛女兒，知道她為了這個考試已經準備了整整一年，如果趕不上考試，該有多不甘！

母愛的本能被臭臭的眼淚激發而出，蔚然指著車裏為火災準備的備用小槌，大聲對司機吼道：「停車、停車，這裏有站的，再不停，我就砸窗戶了！」

一車人立即鴉雀無聲。蔚然也知道，自己這行為足以讓人報警，但她已決定豁出去了。

司機靜默片刻，將車嘎然停在一個站牌下。車門一開，蔚然拉著臭臭跳下車就跑，後面跟著一串同樣著急換車的乘客。

「快點、快點……」蔚然衝在前面，回頭向著臭臭揮手，可是突然就覺得一股巨大的力量襲來，自己如紙片一樣飛起了……

蔚然睜眼躺在醫院的病床上，別提多懊惱了。

她萬萬沒想到，自己在這麼重要的日子被車撞了。

好在剛才醫生給她做過檢查之後，告訴她只是左腿腿骨骨折，還有一些皮外傷。

自己真是命大！她越想越害怕。

一向行事謹慎、辦事周全的她，無法原諒自己今天沒計劃好時間，也無法想像自己在巴士上的暴躁舉動。要是換了別人，她多半會在一旁嗤之以鼻，認定別人「沒教養」、「神經病」呢！

自己急赤白咧，最後換來了一場車禍，臭臭的考試也被徹底耽誤了……

想著想著，眼淚也委屈地流下來。

直到謝夏和臭臭進來探視，蔚然連忙擦乾淚痕。

臭臭跑到床邊坐下，心疼地看著媽媽。謝夏磨磨嘰嘰跟在後面，把一大束鮮花放到床頭。

謝夏帶來的訊息讓蔚然頗為意外，自己莽撞行事，可目前警方卻判定這次事故的責任全在司機，因為當時行人道的綠燈已經亮起，是司機衝燈造成自己被撞。

「司機是位七十歲的老人家了，身體不大好，吃了感冒藥又出來工作，沒看到交通燈已經變了，拐彎時速度也太快。」謝夏說。

自蔚然與他冷戰以來，他今天終於有機會又做回丈夫的角色，一家人也重聚了。他很願意借此多說幾句。

蔚然聽了心有餘悸，想起香港上個月剛發生一起小巴翻車事故，導致五名乘客失去了生命。小巴司機也是高齡，患有高血壓，開車時突然暈倒造成車毀人亡。再之前，有一位八十七歲高齡的香港老錢家族的「名媛」，在一家酒店前突然撞車，所幸沒有撞到人。

事故之後蔚然看了新聞報道才知，香港對司機沒有年齡限制，只要每年通過身體檢查，運輸署就會續發駕駛執照。就出租車、小巴行業而言，由於年輕人嫌棄收入低，多不願入行，造成人手不足，所以很多出租車司機、小巴司機都是六七十歲以上的人了，身體狀況不佳還在從事著這一危險的行業，導致交通事故和乘客糾紛不斷。

豈止是司機，香港對從業醫生也沒有年齡限制，中醫尚可，有些拿手術刀的西醫年紀大了，判斷力下降、體力也不支，也很容易造成醫療事故。

蔚然和謝夏聊著這些，似乎已經忘記了之前的齟齬。

其實蔚然怎麼可能忘記？只不過經歷了這一場生死考驗，她知道了只有人命關天，其他一切都可以暫時忽略了。

謝夏很高興蔚然對自己不再有敵意，他跑前跑後，倒水拿藥。以前都是蔚然操持一切，他居高臨下地享受著照顧和服從。現在，他感謝上天給了這個機會，讓他能好好照顧蔚然，讓蔚然能夠不計前嫌，一家人重新花好月圓。

不能動……在醫院裏躺著，時間過得好慢，日子變得悠長，蔚然難得地靜下心來，認真思考自己和謝夏的關係。

剛剛在病床前配備的電視裏，蔚然看到一檔專題節目，主角是她從小就熟悉的香港影視明星汪明荃。

人稱汪阿姐的汪明荃已經七十多歲了，和夫君羅家英相濡以沫。兩人都有病痛在身，合力表演完節目，精神氣已不似當年的汪阿姐面對著鏡頭，深情地拉起丈夫的手表白：「因為我們兩個都只剩下半條命了，唯有相互依靠，互相活成一條命。」

電視裏的觀眾哭了，蔚然也看得淚水漣漣。

一早李北雁來醫院看望蔚然，也看到了蔚然對謝夏的態度似乎有所鬆動。

她勸說蔚然：「你們識於年少時，一路走來不易，眼下到了這個年齡了，不要拿別人的錯誤來懲罰自己。」

北雁的話從某種程度上觸動了蔚然，蔚然知道，自己終究會選擇原諒，可是一向有潔癖的她，又不知該如何面對今後的家庭生活。

一切都是來到香港之後變壞的，如果謝夏沒有被選派來香港，整天在自己的眼皮底下，又如何會犯這個錯？她越想越不憤，突然間就很想回北京，回到那個自己精心打理多年的家，回到北京的父母身邊，與他們維持著一碗湯的距離，回到北京各色各樣風味的吃食裏……

可是，北京的空氣還是老樣子，一想起那渾濁不見天日的重度霧霾，蔚然就覺得透不過氣來。尤其是氣管本身就敏感的臭臭，每次三級以上污染就咳嗽不止。趕上這樣的天氣，臭臭都只能躲在安裝了新風系統的家裏，連學校都不敢去上。

那樣的日子，她也是過夠了。

三個月後，蔚然終於從醫院回到家，像一個被解放了的囚徒，重新回歸生活。

只是她的新生活相當出人意料。首先她辭了職，這次謝夏完全支持她。「家裏有我當經濟支柱，你就好好休息，照顧好臭臭吧！」謝夏積極表態說。

接著，蔚然去報了個禪修班，一週兩次風雨無阻，恭敬而虔誠。一心向佛的她，還每天堅持抄誦金剛經。

而最讓人想像不到的是，一直急性子的蔚然還從此拿起了畫筆，在深圳拜了一位國畫大家為師，時不時就過埠深圳去求教。

人活一世，可能有許多靈魂與肉體上的災難和痛苦，無法排解無法遺忘時，只能借助外力去超度自己，也超越掉那些痛楚和不開心。蔚然即使性格堅強、心理強大，也繞不開突如其來的人生考驗。

此時的她，唯有寄情於宗教和書畫，使自己暫時忘掉現實生活的不堪和一片狼藉，借佛門之眼，將一切看淡。

第二十五章

菲傭之殤

北雁卻無法像蔚然那麼超脫，她火急火燎地，忙於塵俗之事。

不僅忙著給自己找家傭，也著急要幫蔚然找個靠譜的家傭。

自從重入職場，越來越多的加班接踵而至。香港的同事們稱之為「開 OT」，並都很坦然地接受加班加點，尤其一些年輕人寧願在寬敞的辦公室裏享受著冷氣，用公司電腦上網打機，也好過回到擁擠狹窄的住所去，於是 OT 成為了公司文化，乃至香港上班族文化。

北雁起初對此很不以為然，只要做完自己的工作就立即抽身走人，但是隨著被委任為編輯部主任，責任越來越大，常常要和記者們一起加班到深夜，生活不再是朝九晚五，而是顛三倒四了。

無奈，她也像小區裏的那些太太們一樣，去找遍地開花的僱傭中介，希望他們能給介紹一個合適的家傭。

中介一下就甩出一堆資料：「我們這裏有菲傭、印傭、泰傭、斯里蘭卡傭……太太想要哪裏的？」

雖然喜歡吃泰餐，但是聽同事說過，請的泰傭來了香港不敢用煤氣灶、微波爐，因為從沒見過這麼多電器，所以搞出好多烏龍；斯里蘭卡呢，感覺更是有文化上的隔閡，陌生得不敢相處。

菲傭在香港歷史最悠久，但是聽說個個都很精明難搞，相比之下，印傭似乎更老實本份些？還是找個印傭吧！

憑著原來在婆婆家積累的對家傭的了解，北雁在中介公司面試了一堆胖胖瘦瘦的印傭，因為北雁家庭人口少，又沒有小嬰兒或老人家要照顧，她們似乎都很想來做這份「苟工」。挑來選去，北雁看中了一個未婚的小姑娘 Lily，她剛剛在另一個港人家庭做完兩年合約。

在香港，僱主和傭工之間每一個合約期限為兩年，做完了這兩年就稱為「完約」。通常只有贏得僱主認可的家傭，才能順利完成兩年的工作，不至於中間「斷約」。

北雁知道自己並不是個有威懾力、喜歡提要求的僱主，所以找年輕一點的家傭自己才能沒有壓力，心安理得地當老闆。另外 Lily 看起來性格開朗活潑，自己總在外面忙，活力十足的她可以多陪芊芊一起玩。

咬牙甩給中介六千多港紙作為中介費，說實話北雁真是有點肉痛。簽完約，Lily 按照香港法律規定，先回到印尼等簽證。

兩個多月後，各種證件辦好並做了體檢，Lily 終於來到家裏。

Lily 做事清爽，來了之後小小的蝸居立即窗明幾淨。此外，Lily 廚藝也了得，粵菜和西餐尤為拿手，所以就連饞嘴的芊芊也特別喜歡她。

北雁慶幸自己運氣好，不像別人總要為外傭的事煩惱。有時同事們中午吃飯，聊著聊著就開成了外傭「批鬥會」，一一數落自家外傭的「罪狀」。要知道，外傭在香港的數量高達三十餘萬，她們的一舉一動，直接影響到香港社會幾十萬家庭呢。

轉眼一個月就要過去了，這段日子因為有了 Lily，北雁過得從容多了。不必因為加班要麻煩 Carmen 照看芊芊，也不必下班路上大包小包地當採購員。都說外傭是香港中產家庭的標配，但自己未及小康就有了外傭，從此生活上了一個台階，心裏更加感激 Lily 解救了自己。

北雁決定提前一天給 Lily 發工資，本來想像著 Lily 拿了錢應該哼著小曲，工作更有積極性了，不料 Lily 道了謝，卻一副愁眉不展的樣子。

看到北雁不解的目光，Lily 開口說：「太太，我媽媽今天突然被車撞傷了，現在送到醫院治療，需要一筆住院費，太太能不能借一萬元給我，我會盡快還的……」

車禍？嚴重嗎？

北雁很怕 Lily 提出要回去照看母親，自己才過上幾天好日子，不能就這麼結束了！好在 Lily 只是借錢，借不借呢？

這事決定權在自己，又好像不在自己。

不借錢 Lily 是否就會辭職不幹了？要知道，這方面僱主可沒有任何的主動權。

借吧！北雁一咬牙，取了一萬港幣的現金給 Lily，讓她打了收條，心裏才踏實下來。只希望 Lily 看在自己借錢給她的份上，安定地在家裏呆下來，至少做滿兩年吧。

兩個月後的一個週日，照例又是家傭們的休息日。一早 Lily 拿了個巨大的編織袋要出門，「太太，我的一些東西這裏放不下，我想寄回印尼去。」Lily 才來三個月，北雁沒留意她何時攢了這麼多家當。

「你去寄吧。」北雁想都沒想地答應了。屋子太小，自己也不想 Lily 存這麼多「珍藏」。

當晚，Lily 一直沒有回來，等到夜裏 12：00，北雁不由地緊張起來，和 Carmen、蔚然商量後趕緊報了警。香港法律規定，如果家庭傭工在港出了人身安全等問題，僱主也要負上法律責任呢。

Carmen 和蔚然都催促北雁盡快檢查家中物品。北雁起初不以為意，兩天仍無 Lily 音訊後，才仔細翻查家裏，意外發現自己的一隻卡地亞手錶消失了。這隻錶是結婚以後，劉亦送給自己最貴重的生日禮物，也是家中最值錢的東西了。

這個 Lily 還真是識貨啊！北雁心疼著錶，氣憤 Lily 欺騙了自己，辜負了自己對她的信任，也懊悔自己明知道請外傭是個坑，還是沒有帶眼識人。

不久後的一天，北雁突然收到警局的電話：警方在一次打擊非法勞工行動中，抓捕到了 Lily。原來她在服務上一個僱主時，認識了一個同鄉男朋友，男朋友慫恿她躲藏到一家印尼人開的商店裏非法打工。這次被抓到並遣返，估計此生也不能再來香港了。

北雁沒有想到 Lily 竟如此沒有法律意識，在香港當家傭的收入已是在家鄉的十倍不止，還是要鋌而走險，急功近利。

迫於現實，北雁還要繼續找外傭，就告訴中介這次要轉向找個菲律賓籍。

一個星期日，中介帶著阿 Lin 來了。阿 Lin 四十歲左右，眼大鼻直，身形苗條，在菲律賓應該是大美女一個。中介介紹說，阿 Lin 是大專學歷，丈夫在沙特當建築工人，一個女兒已經十三歲了。一個月前，阿 Lin 才來到香港，服務一個港人家庭。

「為什麼才做沒多久就不做了？」北雁好奇地問，「斷約」的家傭通常很難找下家。

「太太，這個老闆好嚴厲啊，每天有兩層樓要打掃，老闆全家吃飯時要在一旁 stand by，給我的吃飯時間就是十分鐘。我……我真的忍受不了……」

北雁沒想到，阿 Lin 會如此直白。通常來説，無論是被僱主辭退，還是自己想換個人家，家傭們都會對自己斷約的原因遮遮掩掩，這種坦白反而讓北雁打消了顧慮。在香港，的確有一些僱主對家傭的要求非常苛刻，北雁能想像出阿 Lin 的處境。

不過一朝被蛇咬，十年怕井繩。

北雁和中介商量後，決定先讓阿 Lin 試工三天。

不料，才兩天下來，北雁就有點扛不住了。阿 Lin 不但不擅長燒飯煮菜，就連打掃衛生也是麻麻地，燙衣服時還將芊芊的校服燙出個洞。但是，北雁看出來她主觀上已經盡最大努力了。

所以三天過去了，北雁矛盾著要不要和阿 Lin 簽約。再加上有次北雁撞到阿 Lin 拿著女兒的照片偷偷落淚，更加覺得於心不忍，就去問 Carmen 的意見。

「這樣不行，你是請人來幫忙的，不是要做慈善。」Carmen 憤憤地對北雁説。

Carmen 當時也正在氣頭上，她的上一個家傭兩年合約完成後，和 Carmen 簽了續約合同就返回菲律賓休假了。按照香港法例，每兩年家傭有十四天的長假。返程的機票 Carmen 已經幫家傭買好，結果假期結束，左等右等，等不來家傭。就連中介也從此聯絡不上這個家傭了。

這且不說，Carmen 還很快收到了催債電話，電話裏一個男人惡狠狠地辱罵過來，Carmen 才知道家傭臨走之前借了高利貸一直未還，追債的找上自己來。於是趕緊將有關情況報告政府入境處，換來一紙解約證明，又馬上傳真給追債公司，才擺脫了這個可怕的陰影。

「那會兒我每天回家都緊張地盯著大門，生怕被人淋了紅油。」Carmen 心有餘悸地說。大門上淋紅漆，是香港討債時的慣常做法。北雁知道在香港，家傭們常常去向一些高利貸公司借錢，借錢時留僱主的地址電話，自己還不了錢就趕緊開溜，一堆麻煩都留給了僱主。

想來想去，北雁還是狠狠心，委婉地告訴阿 Lin 不簽約了。阿 Lin 似乎在意料中，雖然失望卻沒有表現出任何不滿。

北雁送阿 Lin 到電梯口，阿 Lin 突然鞠躬說：「Madam，你是我來香港遇到唯一的好人！謝謝！」這讓北雁很意外，心有戚戚焉，同時伴著無奈。

目送著阿 Lin 步入電梯，揮手道別，北雁站在原處一直發愣……

無論生活怎樣對待我們，我們都要一直前行。北雁想：自己也好，阿 Lin 也好，還有周圍的姐妹們，人到中年了，慢慢就看清了生活的真相本是苦辣酸甜、五味俱全。經歷了種種磨難，心裏也才會強大起來，一些小挫折也能坦然待之。最後連自己都無法想像，身為女性原來可以承受如此多的壓力，這就是人們所謂的女性成長吧。

北雁又要去中介那裏找家傭了。就菲傭而言，名氣大至全球，通常認為她們專業、訓練有素，輸出家傭也成為菲律賓的支柱產業，據説國民經濟的三分之一來自菲傭們來自海外的匯款。但是，具體到個人，也是良莠不齊啊。

折騰了一天，最後終於火眼金睛選出了兩個菲傭。北雁將那個年輕一點的留給蔚然，希望蔚然能夠輕鬆省力些，安心地唸她的佛經。

第二十六章

過客小玲

北雁新請的菲傭五十歲了。通常人們不願意找一個年紀大的菲傭，畢竟身體和精力不如年輕人，萬一有健康問題，按香港法律還需僱主負責治療，風險相當大。

但是，因為自己和身邊姐妹的經歷，北雁已對年輕的女孩失望。所以在中介那裏只留意中年以上的菲傭。選了兩個，一個四十多的給了蔚然，這個五十的就留給自己。

新菲傭名字很長，約有近十個字母，北雁為了好記，就採用前幾個字母，叫她 Puda。

Puda 職業經歷很豐富。不但在台灣、新加坡、阿聯酋工作過，甚至在內地的廈門也工作過。

Puda 雖然黑瘦矮小，整個人卻是一幅精明能幹的樣子。不僅英文沒有菲傭常有的口音，且能聽懂一點普通話。只是相處幾天後，北雁發現，Puda 從來不苟言笑，對人態度非常冷淡。北雁交代工作，她頂多就是點點頭。而且做起家務事，Puda 有自己的一套章法，完全不會按照北雁的要求來。

最令人難以接受的是，Puda 手機不離身，除了每天一早一晚要和菲律賓的家人視頻通話，還時常要和在香港的好姐妹們煲電話粥。

北雁很奇怪，Puda 之前的僱主都是什麼樣的人。

有一次趁 Puda 面色好，就打聽起 Puda 在內地的經歷。Puda 表示，在菲律賓有中介可以幫她們辦到中國旅遊簽證，她們就悄悄待一陣子做家傭。不過這些僱主通常非富即貴，她的廈門僱主是當地的著名企業家，家裏來往的都是名人，她見過好幾個香港的明星來僱主家做客呢。

Puda 一副見過大世面的樣子，北雁話到嘴邊又咽下去了。

本來，她想和 Puda 再趁機談一談她的手機使用問題，但 Puda 這份傲嬌頓時讓北雁洩了氣。

過了一段日子，Puda 的情緒越發陰晴不定起來。

這一天，北雁難得準時下班，和芊芊兩人喜滋滋地坐在飯桌前吃晚飯。

「媽媽，湯裏這是什麼呀？」突然，芊芊攪動著湯勺喊起來。

北雁用筷子去挑了一下，原來是一根長長的白頭髮掉在湯鍋裏了。

北雁沒多想，就對著廚房喊一句：

「Puda，以後煮飯的時候要注意一下衛生哦！」

在廚房的 Puda 半天不響。

突然，就聽見「咣當、咣當」碗碟破碎聲，尖銳而刺耳……

解約已是必然。

「Madam，我很抱歉，也許是因為年齡的關係，我這一年總不能控制自己的情緒。」臨行前，Puda 難得誠懇地對北雁說。北雁腦海中這才想到了「更年期」這個詞。

終於，她也能對 Puda 的古怪行徑釋然了。

本打算繼續找原先的中介公司，神通廣大的 Carmen 卻在晚上領來一個女子。

上午的時候，北雁在報館接到 Carmen 的電話：「不要再去找讓人勞心費力的菲傭印傭了，我給你找到一個東北姑娘來幫忙。」不等北雁詳細詢問，Carmen 就神神秘秘地把電話掛了。

「她叫小玲，三十歲，剛剛嫁來香港。」Carmen 終於亮出底牌。

「太太，你好！」小玲皮膚白皙，五官很精緻，看起來像個江南女子。

「小玲很能幹，也不怕吃苦。每天下午接了芊芊放學，就順帶把清潔和晚飯做了。等你下班到家她再走。」

Carmen 一五一十地做好了規劃，說完衝著北雁得意地揚了揚眉，那意思再明顯不過：怎麼樣？我這個安排完美吧！

北雁只能無奈地接受這個 part time 的新方式。

幾天下來，事實驗證了 Carmen 的計劃確實不錯。

小玲看著嬌嫩，實則有著東北姑娘的潑辣和利索，家務幹得又快又好。雖然做飯水平著實一般，但勝在態度好，從不會像 Puda 黑口黑面。

過了一段時日，大家逐漸熟悉。北雁得知小玲自己租了新界的劏房獨居，好奇地問起小玲的生活狀況。

「我這個名義上的香港老公才二十二歲，我們只見過兩次，都是中間人領著。領完結婚證以後再沒見呢！」小玲波瀾不驚地說。

「你們是假結婚？」北雁不可置信地看著小玲。

小玲點點頭，然后「噗哧」地笑了：「這不是對方比我小太多嘛，要是年齡差不多，假的我也會把他辦成真的呢！」

看到北雁驚訝地張著嘴，小玲解釋：「我們東北鄉下太窮了，要啥沒啥，一到冬天地面都裂出了口子，人也是滿手滿腳都是口子。大家都憋著勁兒要往外跑。我有好姐妹就是沿著這條道來了香港，給我們羨慕嘚！後來我也找了路子跑過來，雖說花光了僅有的三萬塊錢，但只要熬到拿身份，再把婚一離，就總算活出模樣了！」

北雁聽了，心中五味雜陳。

社會新聞沒少報道政府打擊假結婚的案件，這類案件通常是一些內地女子通過與香港男士假結婚以獲得身份。以前北雁覺得不可理喻，現在小玲讓這一新聞具像化了。設身處地站在小玲的角度，也許就是她在命運的齒輪下，唯一能做的抗爭。同為女人，北雁一時竟不知該如何評判。

就這樣，每天晚上北雁回，小玲交班走。

有一天看著小玲匆匆的背影，北雁忽然意識到小玲似乎哪裏不同了。

除了妝容更精緻，好像，穿戴日漸高級呢。

在香港，除了山頂的太太們、中環的白領們是奢侈品的忠實消費者，也時常會看到菲傭印傭們背著 LV、Cucci 等大牌包包滿街走。不消說，後者基本都來自一河之隔的深圳羅湖商業城。商業城裏高仿的包包、手錶、首飾常常能以假亂真。

起初，北雁看到小玲手上新戴著的玉鐲，身上滿是某大牌 logo 圖案的毛衣，想當然地以為都是贗品。

漸漸發現手鐲不像是假貨，倒像是貨真價實的和田玉。

雖然衣服上下顏色款式非常不搭，但仔細一看卻如假包換，是奢侈品中的二線品牌，連北雁也不大捨得買呢。

當然，看一個女人的生活品質，最重要的指標還是鞋子和包包。

這天小玲穿的正是眼下最流行的一款運動鞋，報館有個年輕同事淩晨去專賣店排隊才買到。不但一鞋難求，市場價也炒到了一萬多一雙呢！

包包，則是那陣子風靡全港的日本品牌 Agnes b。

「小玲，你最近是中了六合彩嗎？」

北雁打趣地問。

「雁姐，沒有、沒有……」小玲臉微紅，連連擺手。

北雁知趣，便不再問。

又是一個週一，下午放學時間，北雁意外地接到校車嬸嬸打來電話。

小玲沒有像往常一樣，按時去校車站接芊芊回家。

打小玲的電話，只有忙音。

無奈，北雁只能麻煩 Carmen 家的菲傭去接芊芊。

Carmen 則去找當初的推薦人、小玲的一個同鄉姐妹。結果，對方也是一無所知。

「找你借錢了嗎？家裏丟東西沒？」聽得出，Carmen 既緊張又內疚。

「都沒有！倒是她還有東西存在我家。」北雁趕緊安慰她。

很多日子過去了，小玲的電話依然打不通，也沒打過電話來。

她的幾件衣服還存在北雁家，像是在和北雁說：「我隨時會回來。」

可是，小玲偏偏就像風一樣，來得意外，去的突然。

也許，她終於拿到夢想的香港身份證，活成了自己想要的樣子。北雁只願往好處想。

第二十七章

艱難的擇校季

劉亦來電話，要約北雁談談「小青豆」的幼稚園入學事宜。

對於兒子，北雁心裏既有牽掛又有內疚。尤其是自己不小心導致「小青豆」早產了一個多月，雖然如今「小青豆」也健健康康，但卻因為腸胃系統不好，一直非常瘦弱。

劉亦一直告訴她，只要想見「小青豆」，任何時候都是可以的。所以北雁只要有空，就會讓婆婆家的家傭將「小青豆」帶出來見見，有時帶他去公園玩，有時帶他去圖書館看繪本。

只是自從上班以後，自己除了忙工作還要照顧芊芊，已覺力不從心，見「小青豆」的次數變得屈指可數。

轉眼間，「小青豆」就要兩歲了。如果在國內，現在還是在家混吃混喝的玩樂階段，但這是在香港，經歷了芊芊入小學的申請歷程，北雁已經深深認識到香港的教育體系與內地大不同，內地是小時候輕鬆，越大越要面臨各種升學考驗，而香港恰恰相反，可以說最關鍵的起步點是幼稚園和小學。

因為香港一些名校都是從幼稚園起步，一直配套到小學乃至中學，也就是本地人號稱的「一條龍」，只有入到一條龍的幼稚園，才有更大可能升入其小學、中學。所以，這裏的「虎爸虎媽」打破頭地競爭幼稚園，因為這裏正是孩子一生的起點。

北雁在約好的茶餐廳坐下，邊喝茶邊等。

旁邊坐着一對熱戀中的情侶，毫無顧忌地一次又一次地接吻，身體也糾纏不清，彷彿要將認識前的歲月空白都彌補回來。唉！真希望他們能將這種熱情維持下去，直到白頭偕老。

劉亦抱著「小青豆」推門進來了。

「小青豆」長大了不少，一雙大眼睛烏黑精靈，越來越像北雁了。劉亦卻似乎老了不少，鬍子沒有剃，衣服也有些皺巴，家傭的活兒就是太粗！北雁不由地想起從前劉亦的衣服都是自己親手熨燙，心中竟一酸。

北雁站起來一把抱過了「小青豆」，「小青豆」好久沒見北雁了，竟有小小的抗拒。

劉亦有些抱歉地向北雁笑笑，北雁趕緊從包裏拎出了幾本布偶書，翻開來裏面有花花綠綠的圖案，在「小青豆」面前展開來。「小青豆」這才安靜地坐在北雁的腿上翻起來。

「小青豆，叫媽媽，叫媽媽！」北雁摟著「小青豆」，可是「小青豆」只顧翻那些好看的圖案。

北雁正要作罷，劉亦卻正色道：「小青豆，先叫媽咪！」

「小青豆」這才望向北雁，小聲地叫了聲「媽咪」。

北雁開心地笑著，親了一下「小青豆」，對劉亦說：「不怪孩子，是我太久沒見他了，這一段……」

「知道你很忙。」劉亦接上北雁的話：「不要緊，我會好好照看『小青豆』，現在的菲傭還可以的，你好好照顧芊芊，還有你自己。」劉亦的眼圈紅了。

「我們說說申請學校的事吧！」北雁連忙說。畢竟夫妻一場，再相見時，難免物是人非，觸景傷情。劉亦，還未放下。

就北雁來說，這幾年才漸漸明白，少男少女時期的愛情，雖然如熊熊烈火、醇香美酒，有時濃得化不開，但其實都是人體的荷爾蒙在起作用，讓彼此誤入幻境，有很大的欺騙成分。唯有婚後成為一家人後，坐臥食飲日日相伴，才會滋生出真實的情感。而離婚，是生生地扯斷這情愫，是傷筋動骨，是一種真正的痛。

「我給『小青豆』報名了八間幼稚園。」劉亦顯然在竭力從情緒中掙脱，回到他們共同的現實裏。他遞給北雁一張紙，八間幼稚園的資料包括地址規模、師資特點全都一目瞭然。

「我最近在加緊教『小青豆』認字，有漢字，還有一點英文字。至於計數，『小青豆』正在練習寫一到十，另外我還給『小青豆』報了一個面試班，會有專業的老師來指導怎麼去面試。」劉亦一一道來。

「什麼？還花錢上面試班？」北雁有點不可置信。儘管知道幼稚園要比拼孩子的各項能力，但搞成這樣也太過誇張了吧！

「不算過份。」劉亦像是看透了北雁的想法，接著說：「你知道香港明星 XXX 和內地明星 XXX 的孩子嗎？他們的孩子也在這個面試班。這家培訓機構收費很高，每堂課一個半小時要一千元，但是報名都要排很久的隊。」

明星的孩子，唔……想到自己的孩子要和那麼多明星、富豪的孩子去比拼，還是別太大意吧。

「除此之外，『小青豆』還要練習搭積木，了解一下港鐵的所有站名。」劉亦不容置疑地說。

「兩歲多的孩子，需要懂這麼多嗎？」北雁有些不甘，嘴裏嘟囔著。

「你看我們選的這八間學校，全是香港著名的一條龍學校，幾乎每個香港小孩都想去試一試。好幾千孩子面試，只取錄幾十分之一，其實比考 DSE（香港高考）還要難些，這就是現實。」劉亦堅決地說。

「另外，我這次主要想同你商量，所有面試我們兩個作為父母最好一起出席，這樣才能保證『小青豆』不被另眼看待。」

「明白了……」北雁輕輕地說，有些難過地摸著「小青豆」的頭、小臉，還有細細的胳膊、細細的腿。她貪婪地撫摸著兒子的每一寸肌膚，既心疼又心酸。

接下來的三個月中，北雁和劉亦陪伴「小青豆」開始了人生的第一場「競技」。

有的幼稚園在高高的山坡上，有的幼稚園在繁華鬧市的樓上；有的幼稚園視野開闊，有的幼稚園環境逼迫。讓北雁匪夷所思的是，很多幼稚園竟然都沒有戶外活動空間，小朋友們只能在室內進行運動和遊戲。劉亦則見慣不怪，因為他就是在這樣的環境裏長大。

這段非常時期，如果走在香港的大街上，或者乘坐巴士、地鐵，人們會赫然發現一些頭髮梳得齊整，衣服光鮮亮麗的小男生、小女生。常態下的香港，無論大人小孩，都喜歡身著 T 恤波鞋，休閒而舒適。如今畫風突變，皆是因為面試季來了。

北雁三人也不例外。不僅「小青豆」身著「戰袍」，全套行頭包括了西褲、襯衣、馬甲、皮鞋，以示重視，就連劉亦也是西裝革履。北雁自然怕給「小青豆」拖後腿，每次都小心翼翼地精心妝扮，著裝力求大方得體，充分表現出媽媽的知性氣質。

每間學校既要面試孩子也要考察家長，對於老師常會問家長的問題，例如「家校如何合作」、「小朋友在課外會學些什麼」等等，北雁也是提前做好了各種準備，希望回答既不落入俗套，也不會太出格。每每斟酌思量，簡直比自己當年工作面試還要緊張。

每場面試都是心懷忐忑，因為一個兩歲多的孩子，面試時的心情和表現真的是無法控制，睡好覺了，就會配合一些，累了、困了、餓了，就會出各種狀況。

有一兩次，「小青豆」突然就哭起來，喊著要回家，搞得北雁和劉亦一臉尷尬，唯有使勁和老師解釋。面試時，北雁也常常看到情緒不好、大哭大鬧的孩子，以及身後萬般無奈的大人。這場場激烈的「人生戰役」，大人辛苦孩子辛苦不說，還因為各個學校考察標準不同，對於結果大家都是毫無把握。

就這樣，兩雙大手牽著一雙小手，上山過海，陸陸續續完成了八間幼稚園的全部面試。

待到二月，各校取錄情況逐漸揭曉。八間幼稚園「小青豆」收到了三個錄取通知書。雖然三間都不是 Top10，基本只能算地區名校，但是無論如何，北雁是鬆了口氣。更重要的是，這一場仗終於打完了。

隨後，三間幼稚園如何取捨，劉亦和北雁意見稍有分歧。其中一間是劉亦的母校，是劉亦心目中的首選。不得不說香港的名校真稱得上歷史悠久，有的港人家庭可能一家三代都是同一間學校的校友。而且香港的傳統學校在取錄新生時，通常會有家庭有沒有本校畢業生一欄，這是一個眾所周知的優待政策，因為透明也就無可非議。

本來這間學校因為劉亦是舊生，所以「小青豆」的入學評分已經多得了五分，入校是很穩陣的事，北雁也覺得是個不錯的選擇。只是如今經過一番面試「斷殺」，北雁覺得不太甘心，始終還想「貨比三家」、挑挑撿撿。

劉亦母校因為是一座古老的天主教教會學校，所以每天小朋友到校後，集體唱聖歌是校規之一。吃飯、吃小食之前，也要雙手合十「感謝主」。這些規矩對劉亦來說是平常，但對在內地成長、從小接受「無神論」教育的北雁來說，就有些不適應。

相比之下，她更願意為「小青豆」選擇另一所成立不久的幼稚園。校舍新，老師年輕、有活力。但在劉亦的堅持下，最後只能作罷。

第二十八章

娛樂版頭條

一早將芊芊送上校車，北雁照舊在街口那裏拿了份免費報紙。

香港的紙媒雖然沒有像內地紙媒凋落得那麼快，但是面對電子產品的衝擊，也唯有紛紛推出免費報紙來換取生存空間。所以每日清晨，香港的街頭巷口、地鐵站、碼頭，免費派發報紙已成為一道風景。

等電梯的時候，北雁打開報紙翻了起來。娛樂新聞版頭下，一條大標題觸目驚心：「香港才子背妻偷食，蘭桂坊激吻內地女……」

北雁撇撇嘴有些不屑，心想香港媒體因為生存壓力，總是不能免俗地去抓八卦和小道消息。不過這位才子可是自己當年女神的老公，所以就仔細去看報上的照片，一張酒吧裏的偷拍照片看上去格外清晰。

目光觸及之處，北雁立即愣住了：「這內地女不是一灣嗎？」

不會吧？自己眼花了嗎？再定睛仔細看，確實，就是一灣！

於是渾身的毛孔都豎起來了。迫不及待去讀那報道：「香港著名的才子蕭林日前在蘭桂坊一酒吧裏與一眾朋友消遣，之後與身邊所坐的內地女激嘴，被記者發現後，急忙避走……」

天哪！難怪一灣已經有一個月沒有過來了。

去年開學那段，一灣通常會在週末過來北雁這裏，吃上一頓北雁做的北方菜，然後聊聊天，拿一點生活用品。漸漸地，一灣就打電話來，說功課忙或者學校社團有活動，不怎麼露面了。

北雁也理解，畢竟是大姑娘了，隨著對學校生活越來越熟悉，朋友越來越多，生活肯定越發精彩了，沒必要強迫一灣來自己這裏呆著發霉。可是，眼下這精彩又著實超出了自己的預期。自己曾經千叮嚀萬囑咐，告誡一灣要帶眼識人，遠離渣男，可是怎麼還是不聽呢？！

北雁決定先不告訴哥嫂，還是要先聯繫一灣。出了這麼大的事，一灣是不是也嚇壞了呢？

忐忑不安地打電話給一灣，響了數聲沒人接聽，最後「嘟」的一聲掛斷了。北雁都快要窒息了。又馬上發條短信給一灣，這下倒是回得快：「姑姑，您放心我沒事！因為總有媒體打電話採訪我，所以我不接任何電話了。」

見此，北雁心中稍安。

不過，知道一灣安然無恙，北雁心神一定後，怒火跟著就衝上心頭。她難道不知道這男人是誰的老公嗎？為什麼要做這種不道德的事！這下可好，丟人丟到整個香港了，她自己將何以自處？如何面對學校和同學呢？一堆問題不知道該問誰，攪得北雁心煩意亂。

在報館忙忙碌碌撐了一天，晚上回家又忍不住給一灣打電話，對方已經關機。北雁恨恨地將手機丟到床上，剛要起身，門鈴卻響起來。打開門，一灣闖了進來：「姑姑，我要在你這裏待上幾天。」

北雁趕緊定睛去看一灣，除了人看上去有些憔悴，還是毫髮無損的樣子。

生氣中陪著些小心翼翼，北雁說：「你不知道他是有老婆的吧？」

「知道……」一灣沉默了一會，答道。

「知道你還……」北雁頓時口窒窒，氣得說不出話來。

「我知道不應該，可我就是喜歡他。我和幾個同學去蘭桂坊玩，他主動過來搭話，眼睛一直盯著我……後來，他悄悄遞給我一支玫瑰，還有一張小紙條，上面寫著『窈窕淑女、君子好逑』，還有他的電話號碼。姑姑，我克制不了自己，我就是喜歡這樣文藝氣質、有趣浪漫的人……」

北雁一下子明白了。不過是一個中年男人用一點點俗套的小伎倆，來挑逗涉世未深的少女。

「媒體偷拍了照片後，他怎麼説？」

「他什麼也沒説，我一直給他打電話，他不接，發信息他也不回……」一灣呆呆地坐著，眼圈一下又紅了。

「渣男！」北雁在心底咒罵。

她需要轉移話題。

「你們同學中沒有不錯的男孩子嗎？」

「香港的同學都不是一類人，內地來的男生都有女朋友了。」一灣的語氣也放鬆了一點。

是了，香港這個社會本來就是男少女多，再加上所有大城市都有的高學歷女孩過剩的事實，北雁想大學裏已是縮影了。

香港很多媒體只要一提到大陸女孩，就污名化為「拜金女」。這一次一灣也同樣被沸騰的輿論這樣「標籤」。尤其是女神的粉絲們，群情洶湧，言辭激烈，甚至有人表示要到學校公審一灣。

但是，只有北雁知道，一灣，還是個情愛至上的單純女孩。這個姑娘就是被情所困，被一個中年男子俊朗的外表、成熟的氣質所迷惑，在她的世界裏，本沒有銅臭味，有的只是荷爾蒙誘發的愛和迷戀。

安頓好一灣住下來，北雁囑咐她暫時不要出門，以免再被狗仔隊盯上。自己則每天一起床就開始緊張地刷手機，想把握新聞媒體和社交軟件對此事的追蹤和評論，希望風波盡快過去。沒有想到的是，在沸沸揚揚了三天後，最多不過一週時間，這件不堪的事已經如用過的手紙，被公眾轉身就丟進垃圾桶，沒什麼人再提起了。

也許這就是網絡時代的特色？節奏快遺忘快。上個世紀，波普藝術家安迪沃霍爾就提出了「十五分鐘定律」，意即「每個人都可能在十五分鐘內出名，每個人都能出名十五分鐘」，如今的現實果真應驗了前人的預測。

再看這兩天媒體追蹤的熱點新聞，是本屆香港小姐的選舉。本來隨著香港文化的日益式微，連同曾經熱遍整個東南亞地區的港姐選舉，也一樣變成了可有可無的雞肋，越來越乏人關注。最近幾屆選出的港姐，和上世紀七八十年代的美女比，實在是拿不出手，名字也幾乎讓人記不住，更別說什麼影響力了。

而這一屆港姐選舉似乎不同以往，因為一個參選選手成為了媒體焦點，格外吸引著公眾眼球。這個參選港姐的女孩子從小學到中學一路學霸，擅長溜冰、游泳、打網球，愛好繪畫、戲劇，鋼琴考過演奏級，學科學習上也是獲獎無數。一路過關斬將順利考上香港大學醫學院。

要知道，港大醫學院基本上薈萃了全香港的學習尖子，是學霸的歸宿，是無數學子的夢想呢。香港的醫療技術為什麼總有突破，領先世界？北雁覺得正是因為香港最優秀的學生都從事這一行。

可是，女孩子和家人接受媒體採訪，表示說要參選港姐進入娛樂圈發展，放棄當醫生的理想了。看著女孩子身穿三點式，在舞台上走來走去展示自己，有面對人群的自信又有面對公眾的討好，北雁覺得不能理解，本來可以好好地做個專業人士，為什麼非要去趟娛樂圈這個渾水呢？

為了給一灣減壓，北雁就故意和她提起這單新聞，一直在渾渾噩噩地蒙頭大睡的一灣，此刻卻一語道破：「當醫生大學要學七年，又辛苦賺錢也慢，選上港姐多好啊，馬上找個富豪嫁入豪門，不用自己奮鬥了！」

不錯，這就是香港的一種文化。但凡是個美女，嫁入豪門是第一夢想和選擇。香港社會歷來笑貧不笑娼，就連一些媒體也是勢利眼，女人們剛剛傍上富豪時，往往被百般羞辱嘲弄，一旦嫁入門去，媒體就真成了狗仔，滿紙都是諂媚恭維。

不管是什麼樣的相遇和結合，在北雁看來，如果是因為愛，就沒錯。正像一灣遇到的那個渣男，娶的本是香港難得一見的玉女，很多人想不通心中的女神為何沒有選擇豪門，只選擇了一個渣渣的才子？但是北雁覺得，玉女是香港明星圈的一股清流，她的愛，純粹簡單。

初入情場的一灣也是如此。北雁如今沒有任何責怪，就是想一灣能夠盡快跳出那致命的陷阱。

終於，一灣收拾好東西，要回學校了。向學校請了十天假，正好到期。

「你是怎麼考慮的？」北雁抱著胳膊倚著門，柔聲地問她。

「他對於我，已經是過去式了……」

一灣輕輕地答她，然後抬起頭，抿著嘴笑了笑。

北雁懸起的心一下子落到了實地。莫名地，竟有些感謝那個渣男，在出事之後再無音訊，一刀斬斷了一灣的情愫。

是的，長痛不如短痛。如此，是最好。

北雁送一灣下樓，看她細細的年輕的背影漸漸走遠，長長地吐了一口氣。

樓下花園裏，落葉滿地，滿樹的繁花已不再。

但是季節轉換，她們終究還會回來，重新拾回又一個春天。

第二十九章

拒絕羅羅

又一次突如其來的邀約。

午餐前，羅羅發來信息，説有要事相商，約北雁到歐美俱樂部見面。

這是一座在中環難得一見的低層建築，灰色雲石打造的牆面低調而素雅，有一種令人肅然起敬的強大氣場。電梯行至頂樓，有侍者過來接待，北雁報上「羅先生有約」，侍者看來對羅羅相當熟悉，含笑點頭，畢恭畢敬地請北雁在一間全海景會客室坐下：「請稍等，羅先生正在會客。」

北雁坐下，斜倚著寬大的歐式灑金紋布沙發的扶手，目光望向波瀾不興的維港。陽光如此燦爛，照亮外部的世界如此清晰，而自己所在的房間裏卻略顯昏黃神秘，拉上了一半的落地窗簾厚重而華貴。

北雁知道這個俱樂部算是香港最頂級的私人會所之一，會所有一百多年的歷史，是香港富豪級大佬們聚會談生意的交際場所。

據説要想成為其中會員，必須有一位老會員提名，而會籍獲批往往要有漫長的等待。有一位內地富豪在提名人突然去世後，仍未獲批，心有不甘，又請另一名會員幫自己提名，等待又等待，直至第二位提名人也過身，才獲得通過。不要說內地富豪，聽說就連香港某位前特首也是等待了很久才終於入會。

漸漸地，天色暗下來。香港的秋天，雨說來就來，維港上空轉眼間霧靄沉沉。

牆上的英式古董鐘似乎已經停擺，北雁也陷入沉思中。

初戀往往會影響一個人的人生走向。北雁想，也許正是和羅羅的分手，導致了自己選擇劉亦，選擇了一種遠走他鄉的生活。潛意識裏，她想逃離充滿戀愛回憶的城市，逃離失敗的感情記憶，就像離婚後又想逃離香港一樣。因而，和羅羅分手後，即使兩人多年不見，表面上看再無瓜葛，但他對她的影響已經是注定了。

如今重逢後的感覺，有時像剛才的天氣，令人沐浴著暖融融的快意。坦白說，作為一個失婚女人，北雁的感情是寂寞空虛的。雖然有孩子有工作，有很多瑣事填滿了生活，但是一個曾經充滿詩意細胞的女人，希望被生活溫柔以待的心是不死的。

離開劉亦之後，羅羅的出現恍若天意，適時地填補了北雁情感上的缺失。即使他們現在只以普通朋友相處，但畢竟不是那種半道上的朋友，兩人知根知底，共經滄海，過去的一些默契至今猶在。高興時，感動處，偶爾就會默默地牽手，或者不經意地拍打一下，這關係中始終脱不掉一絲曖昧的成分。

但更多時候，重逢的體驗也是骨感現實的。這一別後，羅羅不再是那個陽光燦爛、光明磊落的夢中人。他變成熟了，也更沉默了。他常常欲言又止，不再像從前那樣，滔滔不絕告訴北雁自己的各種奇思妙想，甚至行蹤，也是飄忽不定。

她從來不能完整地擁有他，以前是，現在更是。她很介懷，除了他和 Judy 所謂的名義婚姻，還有他眼下的所謂事業。

在北雁看來，無論從前還是現在，羅羅都未曾在社會底層生活過，也從未體會過人間辛苦。即使生活優渥，他仍然不滿足，一直有著強大的野心。北雁則是小富即安、喜歡平靜生活的人。所以一方面，她欣賞他是大男人，有做大事的魄力，可是另一方面，北雁覺得自己和他一直是不同的兩路人，那種隔閡始終存在。

北雁懷念初見時的他，那時的他剛剛從美國學成歸國，滿腔熱血要將先進的技術引入國內，是個完美的理想主義者。但是漸漸地，生意場上的殘酷競爭和各種潛規則改變了他，為了企業生存，他拼命去適應環境學習各種遊戲規則，其實從那時起，他就已經不是他了。

即便她對他仍有情，但畢竟不再是當年涉世未深的文學少女，眼睛中只有情人，相信山盟海誓、相信一往情深、相信愛情大過天。現在她的愛情世界很寬泛，有父母、有子女，還有閨蜜們。

「對不起，李小姐，羅老闆有急事去了四季酒店，今天恐怕不能見你了。」侍者走進來，恭敬地彎下腰，低聲打斷了北雁的思緒。

四季酒店？北雁一驚。那裏是香港富豪內地大鱷們的聚集之地，近幾年還有個名聲在外的稱呼——「望北樓」。

之前那個在香港資本市場呼風喚雨的李先生，就是從那裏被帶走的。這位大佬近幾年名震江湖，但據說得了一種很怪癖的病，就是怕見光亮。因此整天躲匿在四季酒店裏，遙控指揮著自己旗下數十家的企業王國，除了每天花著巨額酒店包房費，身邊還配備了好幾個功夫了得的女保鏢。

說來有趣，大佬出事之前，還有家獵頭公司找過北雁，遊說北雁去給大佬的帝國打工。當時帝國聲名赫赫、如日中天，誰也沒有想到一朝風雲突變、大廈傾覆。北雁暗自慶幸自己當初沒有被那誘人的薪水打動，如今才能夠置身事外。

難道羅羅和那個神秘的「望北樓」有瓜葛？

離開的時候，走在輕綿無聲的土耳其地毯上，北雁突然一閃念。

北雁回到灣仔，午飯時間已過。好在報館附近食肆眾多，她走入一家車仔面餐廳，這會兒難得有空位，北雁進去就坐下了。不一會兒，一大碗熱騰騰的麵就端上來了。

從剛才高大上的俱樂部，到眼下簡陋的老店，彷彿是冰火兩重天，但是北雁並不在意，反倒覺得這簡單的一簞一食，讓自己感到更舒服自在。北雁用筷子翻騰著糾纏在一起的面，腦子裏也是一團亂，她竭力地想理出個頭緒來。

自從中國政府反腐敗以來，一個接一個大案浮出水面，倒下的政府官員、經濟大鱷不亞於一場戰爭，就連北雁當年採訪過的名諫一時的「大人物」，如今有幾位都身陷囹圄。香港作為亞洲金融中心，向來是資本集聚地，這幾年來，更成為各路資本玩家的樂園和隱居地。胡潤內地富豪排行上，有一大批上榜富豪在香港買了房，換了身份。淺水灣道的十幾座超級別墅，主人也漸次變成了內地來的大佬，和香港的老錢家族比鄰而居。諸多風雲人物齊聚香江，導演了一場場交易大戲。也正因此，香港總是成為重大經濟案件的要地，既見證了白手套們在這裏翻手為雲覆手為雨，也經歷了金融帝國倒下後的灰飛雲散。

重逢以來，羅羅始終未告訴北雁自己公司的名字，也從未請北雁踏足自己的公司，北雁也就不強求了。但是那一天在報社編發稿件，有記者交來一篇新聞報導，提到著名的「喜悅資本」老闆蕭山出席了一個慈善活動，活動照片一併發到了北雁的電腦上。北雁把照片放大後，心中疑惑不止：照片居中的蕭山，幾乎就是羅羅的翻版……

一頓飯下來，北雁食不知味。在門口結賬時，七十多歲的老闆看到北雁是熟客，就打招呼說：「餐館很快不做啦，最近多來啦。」「啊？為什麼呀？」北雁很驚訝，餐廳生意明明很好。

「小店一直薄利多銷，現在業主要加租金，做了等於白做……」

老闆很無奈地說。

「這樣哇……」北雁聽了很心塞，如今香港除了房價不停上漲，普通人尤其青年人根本看不到置業的希望，就連商鋪租金也是年年飛漲，已經有越來越多的傳統小店難以支撐、被迫關門。香港的特色和活力，正被地產經濟一天天蠶食殆盡。

幾天過去，沒有信息電話、沒有道歉解釋，羅羅彷彿人間蒸發。

北雁終於有些沉不住氣，正猶豫是否要主動聯絡羅羅，卻意外地接到了他的電話：

「我香港公司名下有幾套房子，我想轉一套給你，就按照市場買賣程序走，代理和律師我都已經安排好了！」有別於以往的溫和有禮，他的語速很快、語氣強硬。

「不，不行！」北雁立即拒絕。這違背了她和羅羅的交往準則，更何況一切來得不明不白。

這些日子，羅羅曾經說過好幾次：以前都是你幫我，常常自己貼錢幫我做事，現在我有條件回報你，你有什麼需要儘管告訴我。北雁聽後都婉言謝絕了。

從心底裏，她當然認為羅羅虧欠了自己，但這個感情債，卻是多少金錢也彌補不了的。向來自尊的她，很鄙夷羅羅的補償心理，自己的幾年青春和感情原是無價的。所以無論羅羅拿來什麼禮物，她都毫不遲疑地退回去了。

唯有那天他們在酒店喝完咖啡，羅羅藉口去下洗手間，卻轉頭給她拎來一條毛絨絨的玩具大狗，那狗憨態可掬，白色的長毛飄飄灑灑。

她收下了，因為他說：「收下吧，讓它替我一生陪著你。」

當時，她有些手抖，心裏落淚了。

此刻，羅羅顯然對北雁的回答很失望，卻也在他意料之中。沉默一會，他恢復到以往的語氣，緩緩說：「可能有一段時間沒法和你聯繫，祝你健康開心……」

夜已深，北雁離開報館時，風中飄來一曲悠揚的薩克斯。「回家」，是 Kenny G 的回家，那聲音穿透街巷、穿透人心，一陣無名的感動襲來，北雁的眼睛濕了。忽明忽暗的霓虹燈光下，北雁看到了一張熟悉的臉，那輪廓時而堅硬、時而柔軟。

原來是他，那個執紙皮的老人在吹。

第三十章

港漂姐妹

沒有了羅羅的牽絆，這段日子，北雁反而過得簡單快樂。工作上順風順水，已經升職為編輯部主任，和 Kitty 掌管的記者部配合默契；家裏，由於北雁薪水增加，所以不介意近一萬的中介費，換了個滿意的菲傭 Rose。芊芊呢，也是個乖巧懂事的孩子，在學業上、朋輩關係上，從未讓北雁操心。

但是歸結下來，北雁認為自己走出以往的陰霾，將日子過得越來越像樣，最主要的原因是她和蔚然、 Carmen 、江夢建立起深厚的姐妹情。

技術改變生活，此話當真。自從大家的手機有了微信，有了群組功能，一夜之間，被「港漂們」戲謔為「港村」的香港，就真的成為了「村」。各種信息通過微信朋友圈傳播極快、各種交流也通過微信群蓬蓬勃勃地展開，「八卦閒聊群」、「團購二手群」、「買房買車群」、「旅遊美食群」，等等，微信群無所不在，也無所不能。大家雖分散在港島、九龍、新界、大嶼山這些不同區域，卻彷彿置身街頭巷尾、天涯若比鄰。

因為緣分而相識並漸漸熟悉的四個「港漂」中女，組了一個小小的微信群「港漂美媽四人組」，每天在群裏家長裏短、分享生活點滴，時不時再約上一起聚個餐。雖然四人各自背負著生活的艱辛和複雜，但只要聚在一起，就依然變身為二十多歲的青春少艾，無話不談；插科打諢、嬉笑怒罵，一會兒哭一會兒笑，尤其是 Carmen，簡直就是個「戲精」，只要她在，聚會就一定是高潮迭起。

這個週末，Carmen 給四家的孩子們安排了一個海洋公園的夜場活動，讓菲傭們去跟著照看，只留了北雁家的 Rose 在家做飯。四個中女媽媽晚上聚在北雁家，想好好地喝上幾杯。

新來的 Rose 在之前的香港僱主家學了一手地道的廣東菜，完全碾殺了幾位主婦。她精心地準備了大半個下午，一到晚上七點，清蒸石斑、粉絲扇貝、避風塘炒蟹、蒜蓉菜心、一鍋豬骨節瓜煲，香氣滿溢，整整齊齊擺上了桌。

蔚然拿來了兩瓶紅酒，是一個朋友在自己酒窖存的上好的法國納帕谷赤霞珠乾紅，剛剛送給老謝，就被蔚然不客氣地順來了。

Carmen 更早地就過來了，她在廚房進進出出，和 Rose 商量菜單、如何擺桌，儼然是自己在家裏待客的陣仗。

一向對烹飪沒興趣也不擅長的北雁正好可以躲躲清閒，在一旁給大家準備茶水。今天又在下班路上買了一大捧星星草，穿插了幾朵百合，淡雅而清新。不大的客廳裏頓時更加溫馨起來、充滿了文藝範兒。

最後到的江夢一如往常地美麗，她身材好得沒話說，一年四季都穿修身的連身裙。

「Wendy，你幸好來了香港，這裏的溫度容許你天天穿裙，夏天穿薄裙，冬天穿厚裙，你要是呆在東北，可沒這麼多機會臭美啦！」幾個人笑著打趣江夢。

江夢趕緊交叉雙手，輕觸額頭，做了個感謝上蒼的手勢，然後淺淺地笑開了。在這幾個姐姐面前，她活得一點包袱都沒有。

女人之間是沒有秘密的，尤其是成為閨蜜的四個女人，不能向外人啟齒的事兒，在這裏都是透明並且光明正大的。四個女人，除了 Carmen 家庭貌似還正常，其他一個離了婚，一個老公出過軌，再加上一個愛上的是有婦之夫，這麼複雜的組合裏沒有崇高低下，唯有喜憂與共、抱團取暖。

「落座落座！」北雁招呼大家都坐下，給每人將紅酒斟上。

「碰杯碰杯！祝我們四人組越來越美、越活越開心！」

「沒錯，今年四十、明年十四，哈哈哈哈……」

「開動開動！」蔚然招呼著。

「等會開動！」眾人正要舉筷，只聽 Carmen 一聲斷喝。然後 Carmen 舉起手機：「等我拍完這一桌美食。」

大家哄笑起來：「快被你嚇死了！」

「可以了、可以了……」Carmen 做了個鬼臉。

幾個女人從化妝品開聊：「最近有款口紅很火，據說能滋養嘴唇，而且採取直銷模式，咱們小區好幾個媽媽都加入直銷了，聽說有人月入十幾萬呢……」

「什麼口紅這麼好呀？直銷，不是騙人吧？」

「XX 媽和 XX 媽最近鬧掰了，兩家的孩子也不讓一起玩了……」

「XX 家的工人懷孕了，她真倒霉，私下給了工人幾萬讓回菲律賓養胎，否則就得賴在她家生孩子了……」

「最近皮膚越來越鬆，聽說水光針效果不錯，咱們要不要一起試試？」

「人這一生啊，能夠隨心所欲的日子實在太短，咱們該喝就喝吧……」

女人間暢聊的話題是永無止境的，一波未平一波又起，酒過三巡，人人都有點醉意了……

「安靜安靜，看看我給你們帶來了什麼……」蔚然打了一個大大的飽呃，然後從沙發旁的大袋子裏拿出了四條捲軸。

她逐一打開。

各人都醒過神來，齊聲歡呼：「讚啊！蔚然姐是你畫的？畫的太棒了！」

「寫字畫畫讓我超越一切俗世煩惱，是我苦痛人生的解藥！」蔚然端起酒杯，很大氣凜然地呡了一口，然後提醒說：「我給咱們每人畫了一幅，你們仔細看看，哪一幅應該是自己的？」

遠山如黛，一行大雁高飛。上好的宣紙，大片留白，只有淡淡的幾筆，卻已勾勒出一幅大雁南飛圖，旁邊題詩一首：「心逐南雲逝，形隨北雁來。故鄉籬下菊，今日幾花開？」

看到此，大家一致將目光投向北雁，北雁心中有說不出的感動，轉身抱了抱坐在旁邊的蔚然，一時竟無語。

第二幅，夏日荷塘，水綠池清。是了，這幅理所當然屬於 Carmen。她看似夏天一樣熱辣辣的性格裏，藏著一顆純淨如水、透明清澈的心，總是適時地給人以清涼的慰藉。

「我好喜歡，你們誰也別和我搶啊！」Carmen 一把將畫抱在胸前，生怕被人奪走似的。

「呵呵……」姐妹幾個笑起來。

「這幅當然是給我自己的。」

說著，蔚然慢慢打開第三幅畫，這是一幅豎軸，只見遠處山影縹緲，近處爐煙繚繞，一個人影在虔誠地跪拜面前的一尊佛像。旁邊題詩曰：「本來無一物，何處惹塵埃？」

大家沉默了一會兒，然後同聲說：「說的好！咱們這個年齡，該經歷的都經歷了，沒有什麼想不通看不開了。」

「我也要和你一樣多吃齋唸佛了。」北雁虔誠地對蔚然說：「年紀越大，越想看清歸處。沒有信仰真是空虛啊！」

Wendy 打開了最後一幅畫，這是在海邊，一個倩影低頭徘徊，淺淺的腳印若有若無。大海深處空無一物，唯有一隻海鷗在天際徜徉。旁邊題詩雲：「多情自古多餘恨，好夢由來最易醒。」

北雁愣住了，她知道這出自清人史清溪借用白居易的長恨歌而整合的《佚題》。很悲憫的兩句，她很怕因此而觸痛 Wendy 的傷疤，好在 Wendy 似乎並未領會其中寓意，只一個勁兒地說「謝謝」，就快快地將畫收攏起來，仔細地放在身邊的角落裏。

酒盡席散，各人歸去。

午夜時分，一輪明月在天。

月光透過窗，使得客廳裏蒙上了一層朦朦朧朧的波斯藍。北雁和芊芊已在臥室就寢，只有 Wendy 的那幅畫，靜靜地躺在角落裏，像一個沒有歸屬的棄兒。

臥室裏，芊芊今天玩累了，帶著輕微的鼻鼾睡得很香。北雁卻翻來覆去地在床上「翻烙餅」，腦子一點也平靜不下來。

今天吃飯時，她赫然發現 Wendy 帶了一條非常眼熟的手鍊。上次大哥來香港，讓自己陪著給嫂子選一點首飾帶回去。他們選了手鐲和頸鏈耳環後，大哥一定要再選一條看起來很時尚的手鍊。北雁當時勸大哥：「這條好看是好看，就是不太符合大嫂的風格。」

消費方面一慣聽北雁意見的大哥，卻反常地堅持買下。並且，大哥一向是個很節儉的人，這一回卻顯然奢侈了一把……

最關鍵的是，記得當時店員表示：「這條鍊子是特別定制，全香港只有一條。」

北雁相信店員不會為賣一條鍊子說大話。

那麼問題來了，Wendy 的這條鍊子是不是大哥買的那條呢？她好想問清楚，但是自從 Wendy 點到為止介紹了自己的尷尬處境，大家都一致默契地保護她的隱私，避諱多問她生活細節。只有 Wendy 想說的事，她們才會七嘴八舌地附會。

好端端地，自己怎麼張口去問 Jacob 爸爸姓甚名誰呢？

那有什麼其他線索嗎？想著想著，北雁渾身一激靈，Wendy 的兒子 Jacob 的中文名字叫「李文浩」，不也是姓李嗎？

天哪，天下有這樣的巧合嗎？是不是自己今晚喝多了，她實在不敢想下去了。

第三十一章

敲鐘港交所

馬路上的夜燈剛剛熄滅，天色還透著烏青。從港景街走出 IFC，就能見到左手邊那棟綠色玻璃、淺色樓體的大廈，干諾道中八號交易大廈，這裏的首層就是全球資本市場赫赫有名的香港聯合交易所。

一大早，交易所門口已三三兩兩地聚集著一群人，有的飲著旁邊西餐店買來的咖啡，有的湊在一起竊竊私語。他們在等待什麼呢？

在眾人的翹首中，漸漸天光大亮了，隨著一陣騷動，人群突然之間形成了兩個包圍圈。

處在人潮中心的，一個是香港遠東公司的老闆，還有一個，就是北京新洲集團的董事長李達明。

兩家公司今天同時在港交所敲鐘上市，對他們來說，這一天是公司發展的里程碑，是載入公司史冊的日子。兩位老闆都滿面春風、笑容可掬，正像運動員經過幾個寒冬酷暑的磨練，最終得以衝上賽道，如今只待旗開得勝，凱旋而歸。

時針指向 8:45，兩家公司合作的財經公關們一擁而上，分別給公司管理層和嘉賓們戴上名牌、胸花，然後招呼大家在聯交所門外的標誌旁合照留影。對面建造的人工瀑布上，兩隻銅牛一站一臥，瞪大眼睛見證著這一時刻。

九點鐘，聯交所的大門準時打開了，人流湧入交易大廳。

寬敞明亮的大廳裏，今天裝點得格外喜慶。以前的港產電視劇裏，經常會出現港交所交易大廳的鏡頭，那時候這裏還是紅馬甲的「海洋」，交易櫃台遍布了整個大廳。世紀初隨著電子交易出現，交易大廳越來越不重要了，所以面積也漸次縮小。據說港交所宣佈了將關閉這個大廳，未來不再用於股票交易。那麼，這個見證了港交所三十個年頭的交易大廳勢將成為歷史。

李達明和其他主禮嘉賓被公關人員引入了交易大廳前的展覽館，其他嘉賓則在樓上的觀景區觀禮。一灣今天也特地從學校趕來，此刻挽著媽媽的手開心地說著悄悄話。

兩邊的台案上，擺放了一些五彩繽紛的甜點、飲品以及必不可少的香檳，還有一隻分外惹眼的乳豬。

9:10，交易所的代表上前致辭，他用充滿港味的普通話宣佈：「今天我們熱烈歡迎香港遠東公司和北京新洲科技在這裏上市！」

台下響起一片掌聲。

接著，兩家公司的老闆都被請上台講話。

輪到李達明發言，他有些哽咽地說了一句話：「感謝我們的合作夥伴、感謝所有朋友的支持，盡在不言中！」言畢，舉起酒杯向大家祝酒，可是兩顆滾燙的眼淚卻悄悄滾落進了杯中。

9:28分，最激動人心的時刻到來。兩家企業的管理團隊，同時敲響港交所那面著名的大鑼，從此拉開了上市交易的序幕。

發行價為4.2元的新洲科技，一開盤就站在了5元，緊接著，開始往上衝，5.2、5.4，很快就衝到了5.5。之後，又開始慢慢回落，在4.5元附近，逐漸穩定下來。

而旁邊的香港遠東一開盤價格就直線下跌，之後一直在發行價以下徘徊，也即人們戲稱的「潛水」了。

這一天受美國道瓊斯指數上週大洩的影響，香港恆生指數一開盤就跌了六百點，在疲軟市況下，新洲能有如此表現，已相當不易了。

場內的媒體記者們手持話筒，扛著攝像機紛紛向李達明湧來。此時，場內的大屏幕上突然亮出一幅紅底白字的滾動字幕：「熱烈祝賀新洲科技掛牌成功！」

掌聲潮水般再次響起，這一刻，李達明不禁為之動容，身後追隨他創業多年的幾位副總更是熱淚盈眶、情難自禁。

上市之前走過的每一步都來之不易。

兩個月前，他們這個路演團繼香港初戰告捷後，就立刻趁勝追擊，飛赴「花園之國」新加坡，開始了又一輪樓上樓下的路演歷程。

按照東方大時的安排，路演團要在新加坡拜訪十一家基金。但是新洲科技的獅城之行消息不脛而走，新加坡有關投資機構聞風而動，紛紛要求見面，路演團不得不調整行程，多逗留了一天，又拜訪了八家計劃外的投資機構。結果在新加坡李達明一行收穫頗豐，超額完成任務。

僅僅一個星期後，他們又轉戰美國。這段時間，美國納斯達克股指大幅上升，市場對科技股再度給予青睞。在美國華爾街，李達明一行馬不停蹄地拜訪了十一家財團，最後有十家認購了新洲，另外一家竟是由於在香港沒有開戶，不得不放棄了這個極好的機會。

一路風塵僕僕，一直承受著巨大壓力的路演團終於贏得最好的結果：國際配售超額認購十九倍，原來定價在 3.2 元至 4.2 元區間的 IPO 最後以最高價成交。

夜香港。

位於西九龍的香港最高建築 ICC（環球貿易廣場）上，每逢夜晚總是亮出霓虹燈構築的種種光影圖案。那劃破城市黑夜的璀璨明亮，儼然就是一個城市的圖騰，或讓人賞心悅目，或讓人心潮澎湃。

今天 ICC 打出的是巨幅字幕：「Hong Kong，I love

you」。港島沿維多利亞港一線，皆可觀之。

在港島香格里拉酒店三十九層的大宴會廳裏，華燈高懸、賓客雲集，新洲的上市祝捷酒會剛剛拉開序幕。

香港的半個投資圈似乎都來了。這種場合，是這個繁華世界中最高端的大 Party，是行業翹楚光鮮的秀場，是初入行者人脈網羅場。還有些人，只是撈著機會來瞧個熱鬧，體驗一回高大上。各種人懷揣各種心思而來，酒會真正的主題，大家似乎倒拋在腦後了。

不過那些直接和新洲簽過約的投行、律師樓和財經公關公司斷斷不會忘，因為他們的努力終究有了回報。除了有成就感，花紅也會再上一個台階。

作為這麼長久艱辛工作中最 happy 的環節，投行的 MD 也好、分析師也好，以及基金經理、律師們此刻全都一掃加班工作時的頹氣，一個個容光煥發。大家互相祝酒、碰杯、打趣、八卦，男人們衣冠楚楚，一派精英風範，女人們婀娜多姿，個個口吐蓮花。

大時的團隊無疑是整場最嗨的，大時總裁陳峰也親自來捧場。李達明握著陳峰的手，一邊感謝著，一邊將身邊的一灣介紹給他：「這是小女一灣，她還在香港讀書，請你這個叔叔多關照啊。」

前一段恰逢學校假期，所以一灣加入了新洲的路演團隊，跟隨李達明飛來飛去。這期間她既扮演著秘書角色幫著準備各種資料，也成為生活助理協助安排幾位老總的衣食住行。一番歷練下來，她覺得自己突然之間就長大了，想想之前那些卿卿我我的兒女私情，連自己都覺得好笑了。這次和家人一起經歷了公司的上市歷程，她視野變開闊，格局變大，對未來的打算也發生了轉變。

陳峰聽說一灣也參與了新洲的推廣，連連稱讚：「真是虎父無犬女，未來可期啊。」

「您過獎了，您是我的偶像，今後還請多多指教才是！」

一灣手托著高腳杯，得體地微笑著，她最近的舉止作態越來越像個幹練的女強人了。

一片喧聲笑語的宴會廳裏，穿著金色馬甲、打著黑色領結的侍者們穿梭而行，他們腰背挺直地端著托盤，上面黃色的香檳、紅色的葡萄酒、白色的威士忌一杯杯晶瑩剔透，晃來晃去如少婦迷離的眼波挑逗著人的慾望。

一灣不知道，此刻許多人正將目光聚焦到她的身上。今天她穿著一襲淡紫色迪奧無肩晚禮服，正是前一陣華爾街路演成功後，自己在紐約採購來，作為對自己的獎賞。優雅的禮服配上她健美的身形，令她看起來風姿綽約。她的美著實驚艷了全場，而她卻不知不覺。

她在觥籌交錯中想著自己的心事：父親年紀漸長，其他幾個叔叔也會逐漸退休，父親會不會讓自己也介入到公司的事務裏來呢？媽媽在背後一直鼓動自己要和父親提出來，將來碩士畢業要回到北京，在公司裏踏踏實實地磨練一番。但是父親似乎從未有此想法，而自己也日漸喜歡上了香港，回到北京反倒有些不適應了。所以，猶猶豫豫中，她只能爭取在父親身邊多學些管理經驗。

李達明雖然一直在忙於應酬各路人馬，卻也敏銳地捕捉到了一灣形成的磁場，留意到了滿場的焦點所在，以及悉悉索索的議論和讚嘆。「李家有女初長成」，他如今事業得意，女兒也讓他引以為傲，似乎沒有什麼不滿足的了。

於是，他的笑意更深了。只是一閃念中，他知道還有一樁棘手事橫亙在他的人生中。

他萬萬沒有想到，在人生的轉角處，一出悲劇已在上演。

Ai 繪制

第三十二章

好夢從來最易醒

香港又進入了打風季。午夜時，天文台就掛起八號風球訊號。掛八號，在香港可是大件事，單看那個倒掛的大黑「T」標誌，就夠觸目驚心的了。

按法例，八號風球天全香港都不用上班上學，為安全故，大家都需呆在家裏。這就導致人們對八號風球愛恨不一，打工仔、學生們慶幸可以偷得一日閒，做老闆的就慨嘆丟了一天的生意。這世上，從來就少有萬眾一心。

「雁姐，你這幾天有 Wendy 的消息嗎？她一直不回我信息，我想和她視頻她也不接，不會有什麼事兒吧？」

一大早，芊芊還在臥室裏呼呼大睡，北雁正在難得悠閒地享用著這意外假日的早餐，就聽到手機視頻「當當」地發出邀請。接通之後，就見 Carmen 一邊揭開臉上的面膜，一邊衝自己齜牙咧嘴。

「Jacob 的爸爸來了，她最近一定很忙，沒空搭理你……」北雁笑著，她特意沒用老公這個詞。

現在一想到 Wendy，北雁心裏就有些隱隱的不舒暢，彷彿汩汩的水流一下遇到了阻滯，不知該往哪裏去。前兩天 Wendy 在微信群裏告訴大家老公過來了，一副開心的樣子，北雁也知道大哥夫妻倆一起來了香港慶祝公司上市。這次難道也是巧合嗎？

可能是自己想多了！北雁甩甩頭，定睛看看手機裏的 Carmen，然後補上一句：「哎呀，一大早的，你別操心別人了，快把你的臉收拾收拾吧。」

「好吧，希望她沒事。」Carmen 一邊嘟囔著，一邊掛了電話。

北雁放下手機，感嘆微信越來越神奇了，不僅省去了打電話的麻煩，而且還開通了視頻功能，即使遠隔重洋，也一樣猶在眼前。北雁現在幾乎每天都會和北京的父母視頻聊天，這樣，她因不能陪伴父母的愧疚之感才能略為減少。

但是，隨著手機功能的日益強大，個人空間似乎也越來越窄。就拿工作來說吧，無論是平常日子還是八號風球天，公司要求大家都是二十四小時地開機，其實就是隨時待命。香港本地人喜歡用 WhatsApp，內地人喜歡用 WeChat，還有不少人用 Instagram，無論用哪款軟件，只要雙方留了電話、入了群組或者朋友圈，基本此生都無法回避彼此了……

江夢再一次來到了海邊。她沿著沙灘緩緩而行，長髮隨風舞動，一襲白裙飄飄，美得如同掉落凡間的仙子。

自己的人生就是一場噩夢，現在被迫醒來了，可是一切都已經太遲。

三天前的晚上，她哄著 Jacob 先上床睡覺了，自己則悉心打扮，在家等候著李達明的到來。他一直説忙，這次已經有三個月沒有過來了。江夢是個懂事的女人，她不敢輕易撒嬌，或者逼迫他做什麼。因為她愛他，所以事事都會從他的角度著想。她雖然寂寞到瘋，但是卻有一種奉獻的快感。誰説只有被人愛才快樂，自從遇到李達明，她深感只有愛上一個人的感覺，才讓自己活得充實，才是這世間的最美。

很意外，當她打開門，來的人不是李達明，而是她一直懼怕見到的那個女人。「江夢，終於找到你了！」對方冷冷地説，身後站著兩個彪形大漢。

江夢愣住了，一時手足無措。

女人不客氣地推開她，徑直走到客廳中央，上下左右打量著屋子裏的佈置。當目光停留在一張三人合影時，臉因為憤怒而有些扭曲。

「你們的事我早知道了，我已經和我老公商量過了，把這孩子⋯⋯」，她斜眼瞥了一下關著的臥室房門，用不容置疑的語氣説：「準備把他送到美國去讀書。」

惡魔上門，就好像無數次夢中夢到的一樣。江夢下意識地阻擋在 Jacob 房門前，心裏充滿了恐懼。對方甩給她一份白紙黑字的協議書，「簽名吧，你放棄孩子的撫養權，補償你三百萬，從此你要從我們眼前消失！」

江夢著急得腦子轟轟響，渾身顫抖起來：「不、我不同意，我要見他爸爸……」

「他不會見你了。」女人加重了語氣：「這輩子也不會了！」

江夢淚眼婆娑，女人卻很不耐煩起來：「本來我應該先賞你耳光的！」她咬牙切齒地說：「你知道這些年我是怎麼熬過來的嗎！」

「要不是我和李達明只有女兒，告訴你，你這個小崽子我也不會收的，也不會這麼輕易地饒過你！如果你為他好，你就乖乖簽字！」

那是黑暗而漫長的一夜。天亮之後，她就成了孤魂野鬼。Jacob 從睡夢中被抱走了，連同孩子的各種證件被一併拿走。而孩子最愛的玩具和書，一件也沒帶上。

兒子，對不起，對不起，媽媽對不起你！

她不知道他們會如何編織謊話來欺騙 Jacob，可憐的孩子，「沒媽的孩子像根草」，從此你就是沒有媽媽的小草了，媽媽後悔了，為什麼以前要教你唱那首歌……

她趴倒在Jacob的床上，抱著他的小枕頭，拼命吮吸著他小小身體的味道。她想念他，那洗過後軟軟的頭髮，那雙肉肉的小手，再也見不到了嗎？再也見不到了呀……

去報警嗎？她沒有勇氣，她現在一無所有，拿什麼去承擔後果？只要Jacob平安、好好的，她才能活。

可是這三天來，她唯一的念頭就是不想活了，沒有Jacob，也沒有了她曾經以為擁有的他，她不知道自己為什麼活著。遠在小縣城的父母家，自己是回不去了；山清水秀的這裏，自己也呆不下去了。生活和自己開了個大玩笑，原以為人生圓滿，美夢成真，卻原來只是鏡花水月一場。自己為什麼要選擇這樣的人生？她悔恨不已，明明知道會有這一天，卻心懷僥倖，以為上天會對自己格外眷顧。

其實現實一直都是冷冰冰的，不是嗎？如今面紗褪去，她終於直面真相：李達明對她們母子好，可是從來沒有提過會離婚娶了自己；自己電話打多了，短信發多了，李達明也會提醒她注意，在他的心中，自己就是一個不能放出籠子的金絲雀啊……

出事以來，自己二十四小時不間斷地聯絡他，他電話不接、短訊不回，彷彿從她的生命中徹底蒸發。她的期待本就是微弱的小火星，現在竟一點點地被時間吞噬，她恨他、恨自己……

颱風「黑鴿」果然名不虛傳，此刻正以鋪天蓋地之勢呼嘯而來，之前輕輕跳動的海面一波又一波地掀起了層層巨浪，清早的海邊空無一人，連剛剛那個夢幻般的剪影也消失不見了……

從 Carmen 報警，到消防隊出動，終於發現水中的屍體，很快這個新聞就播報到全香港。

「新移民婦因情投海，警方多方查找家人。」

看到新聞，許多人只是飯後八卦一下，很快就拋諸腦後了。在香港，幾乎隔三岔五就有這樣的自殺事件，跳樓的、跳海的、割脈的、燒炭的……生命很輕飄，現實很厚重，各人都只掛住舔自己的傷口，誰又能總記著別人的痛呢？

但是，對北雁、蔚然和 Carmen 而言，江夢的離去讓她們都彷彿大病一場。

北雁一直自責不已，如果那天 Carmen 打來電話，自己能夠重視一些，多慮一些，也許一切都會改變？以前，她信奉即使再親密的朋友，自己也無權插手別人的人生，但關鍵時刻，朋友之間也是有道義和責任的啊！她想起那一次中環海濱，若不是 Wendy 及時叫了白車，自己還不知會發生什麼事。是的，當年素不相識，Wendy 就已經救了自己，可是如今相熟相知，自己卻對她不聞不問！

她說不清楚，是否因為橫亙在心中的疑慮作祟，讓自己下意識地逃避，不想過多關注 Wendy 的事？事到如今，她心中百轉千回，除了難過就是內疚，多希望那一天能夠重來一回，她可以選擇和 Carmen 一起尋找 Wendy，而不是現在的追悔莫及。

Carmen 已經哭腫了眼睛，她後悔自己第六感明明已經覺得不對勁，為什麼沒有再多做一點什麼。平時自己待人接物乾脆利落、沒有條條框框，為什麼真遇到事，就顧慮起來，怕自己多管閒事惹人煩呢？！

蔚然從北雁家拿回了之前江夢遺落的畫。

她輕輕地打開捲軸，久久凝視著畫面。漸漸地，眼前的一切都動了起來。她眼睜睜地看著江夢衣袂翩翩，面如白紙，慢慢地浸入到海的深處。

「你要去哪裏？你回來！你快回來！」她大喊，卻驚返了自己的遊魂。再看，原來淚水已經浸濕了畫中的佳人。

她深深明白一場變故之後，那失去至愛的痛。但自己終於是由死向生，心靈歷經涅槃後獲救，而江夢卻終究是人生如夢一場，沒能獲得超度。

第三十三章

終於「上車」

趁著芊芊的假期，母女倆一起回了北京。離婚的事，終於要向父母攤牌。

「我和劉亦已經離婚了。」

等晚上芊芊睡著，北雁艱難地説出這句話。父母這兩年身體都開始走下坡路，北雁很擔心他們。

「什麼？已經離了？這麼大的事，怎麼不同我們先商量？」果然，性格一向堅硬的父親有些震怒了。

母親默不作聲，一會兒眼圈紅了，似乎早已心知肚明。

「你們分居五年，那時天天盼著在一起，剛團聚兩年卻離婚了？」爸爸又生氣又不解，煩躁地來回踱步。

「和婆婆住在一起有矛盾，想辦法搬出來就是了，租房也可以，至於搞到要離婚 ？！只要你們兩個有感情，怎麼能讓外在的因素影響你們！」爸爸越説越激動。

一切都是意料之中。父母這一代人，正是觀念最傳統的中國人，既為上一代活，又為下一代活，一生背負著沉重的責任，卻唯獨活不出自我。北雁也是個傳統的人，但她也是個自我意識很強的人，不想為了孩子湊合，為了別人的看法湊合。

她心平氣和地慢慢解釋說：「爸、媽，不在一起生活時，我和劉亦都是看到對方好的一面，理想化的成分多。去香港後，我才了解了真實的他，我們的感情才開始經受真正的考驗。離婚表面上是因為沒有自己小家、因為婆媳矛盾，但是在這期間，我發現我不是劉亦生命中最重要的人，我們對婚姻投入的份量並不對等。現在我們因為了解而分手，對彼此都是好事。我們沒有吵吵鬧鬧，而是和平分手。」

北雁將離婚時的安排以及自己目前的狀況，詳細和父母做了介紹。漸漸地，父母的情緒緩和下來了。北雁和劉亦家庭的矛盾，他們其實早就了解。在父母的心裏，自己的寶貝女兒懂事又聰慧，實不該嫁過去受這麼多委屈。

好在北雁現在自己將生活打理得井井有條，他們接受既成事實後，只心疼著沒有媽媽的「小青豆」，還有擔憂北雁未來的幸福。

北雁也見到了大哥李達明。

公司上市後的大哥非但沒有一點成就感，反而顯得蒼老了許多。北雁不用去求證什麼了，她實在不忍再去揭開大哥的傷疤。

想年少時，他們兄妹都是依偎在父母身邊無憂無慮、純潔天真的孩子，如今歲月荏苒，他們雖未遇驚濤駭浪，卻都成為走過風霜、人生破敗的成年人。少女時自己渴望成長、迷戀成熟，現在才知道，所謂的成熟，並不是一張滄桑的臉、一支凋敝的煙就能演繹的。人的成熟，是生活一刀一刀地鐫刻於心，痛卻不發一語的打磨。

大哥以前總說要投資移民遷來香港，並將父母也安頓到香港安度晚年。現在提也不提了，只是表示，要資助北雁在香港買套住房。

北雁想拒絕，父母卻一起來勸：「你有了自己的房子，我們過去住住也方便些。」

父母以前一直不願來香港，一是不適應南方的環境氣候，二是怕給婆婆家添麻煩。現在得知北雁離婚了，工作又忙，恨不能馬上到香港照料北雁和芊芊的生活。

回到香港，北雁著手開始看房。

經朋友介紹，北雁聯絡上了房產中介 Sam。香港的房價到這時已經是連續多年上漲了，可是市場仍然供不應求。Sam 人老實可靠，也有多年的從業經驗。他推薦了幾處房源，就帶北雁逐一地看。有兩處房子位置房型都不錯，就是價格北雁覺得高了。回家猶豫一晚，第二天再問，房子就已經出手了，北雁只能追悔莫及。

在 Sam 的陪同下，北雁前後看了二十多處房子，最後還是在港島灣仔區敲定了一間五六百平方呎的二手房，雖然房子已經四十年歷史，但開發商是香港最有口碑的地產商，建築質量很好，物業保養也相當不錯。相比之下，北京同樣樓齡的房子早已破敗不堪，完全不可同日而語。

選擇這套房子，除了其距離北雁上班的報館近，還因為香港和內地一樣，也有學區房一說。芊芊過幾年小學畢業，如果想升入理想中學，一是可以自己去考試，二就是在自己所住的區裏大抽籤。這時自己住的區裏有沒有心儀的學校，或者有多少好學校，就非常關鍵了。房子所在的灣仔區，恰好有幾所香港本地名校，也是俗稱的「名校網」，所以再合適不過了。北雁貸了一半的房款，自己拿出了全部儲蓄付首付，差額部分只能無奈地接受大哥的贊助了。

雖説市道好，房屋中介們個個忙得團團轉，但是 Sam 還是很盡心地跑前跑後，幫北雁辦理貸款、律師等等文件，使得購房流程無比順暢。拿到房子鑰匙那一天，北雁百感交集。

在香港人們將買房稱為「上車」，大家都拼命想擠上「業主」這輛車，因為在這裏買房大不易，有房和無房的生活保障也是天壤之別。

為了盡快住上新居，以便節省不菲的房租，北雁馬不停蹄開始找裝修師傅。貨比三家，最後找了報價最便宜的花師傅。説是便宜，其實只是相對而言，整體算下來，香港的裝修費用至少比內地貴上三倍呢。

花師傅是潮汕人，從事裝修行業三十年了，兒子和太太也幫著做活，另外還請了兩個夥計。由於只是簡單裝修，北雁就自己大致設計了一下，和花師傅碰了幾次，將方案定下來。未料到的是，在內地應該一個多月就搞定的工程，花師傅竟然要三個月工期。面對北雁的疑問，花師傅大著舌頭，用蹩腳的普通話拼命解釋，北雁聽著難受，就沒再糾結。

北雁要忙工作還要陪伴芊芊，所以只是偶爾過去看看施工情況，諸多雜事和花師傅電話裏就解決了。及至施工完畢，花師傅通知北雁前去驗收。

北雁腦中一邊想像著一派淩亂的場景一邊推開了門。只見屋子裏敞亮潔淨，全部打掃得乾乾淨淨。再去檢查牆面地板、櫥櫃窗台，做工基本無懈可擊。難怪要這麼長的工期，北雁這時才明白，從來都是「慢工出細活」啊。

北雁不禁從心底裏讚嘆，香港的施工隊雖然人工貴，但是確實貴得有道理。又想起了現在住的小區，前一陣子有一點設施改造，也是很久才完工，但是看到那些工人一絲不苟地搭竹棚、拼拼砌砌，就知道這工程質量一定沒得說。

由於香港的傢具價格不菲，北雁就和很多港漂家庭一樣，從網上選購了廣東番禺生產的傢具，通過中港物流公司運過來。雖然要付一些運費，但這些內地生產的傢具真是款式好價格合理，質量也說得過去。

搬進新居後，按照香港的習俗，北雁要請同事好友來家裏「暖房」。

這一天，請了蔚然和 Carmen 一起過來。

自從 Wendy 出事後，三個人好久沒有一起聚了，很重要的一個原因是怕觸景傷情。想起 Wendy 的種種，三個人怕是要哭作一團。北雁搬家前，說好了要一起打邊爐，結果 Carmen 突然要去老家見客戶，大家就沒有見成。

去朋友家「暖房」，通常會帶些禮物。蔚然知道北雁一向喜歡花，準備了一盆港人家庭都很喜歡的蘭花。花開得正盛，一片片淡紫色的花瓣好似一隻隻蝴蝶貼附在枝條上，新房子裏頓時春意盎然。Carmen 則拎來一套紫砂壺具，打開來，一盅盅褐色的小杯泛出紅光，正是北雁的心頭所愛。

三人一坐下，蔚然就說：「我要離開香港了。」

原來，最近北京的一紙調令下來，謝夏又調回了總行。一家人商量了半天，決定將女兒臭臭送到美國寄宿學校。目前請了一個海外升學顧問，爭取以最快的速度幫臭臭辦好留學。蔚然呢，自然跟隨謝夏回到北京，她不想兩人的關係再經受任何考驗了。

事發突然，Carmen 和北雁都不禁有些傷感。有些朋友再投機再知心，可是命運注定了彼此只能相互陪伴一段旅程。人生就是一場機緣，機逝緣盡，人去心空。

「我也捨不得離開這裏。」蔚然也很傷感：「香港有來自世界各地的美食，有最讓人放心衛生的食品，有最完善的公共設施，還有講秩序、有素質的市民。雖然這個社會也存在歧視、排擠、躁動、怨氣，但是我還是喜歡這裏，習慣了這裏凡事有規則。這裏既多元化又講自由，中國傳統和西方文化兼容並蓄，對於一個中國人來說，這裏是非常理想的家園。」

蔚然這一番話，說得北雁和 Carmen 連連點頭，一致認同。

Carmen 此刻像個小姑娘一樣依偎著蔚然，拉著蔚然的胳膊說：「蔚然姐，你能不能不走？！」

北雁連忙給 Carmen 使眼色，Carmen 見到就嬌嗔道：「我就是捨不得蔚然姐啊。」

蔚然施施然一笑，起身走到陽台望向遠處，這裏正是這座城市最具代表性的場景：一幢一幢高樓大廈，密密麻麻地錯落有致，一線陽光從兩棟高樓中間的縫隙裏露出來。遠遠的海，也和藍天連成了一片。

「我的痛留在了這裏，我的愛也留在了這裏⋯⋯」蔚然憑欄而立，口中喃喃自語。

只有 Carmen 帶來了好消息，雖然她現在因為見客戶要整日飛來飛去，但是和老公終於冰釋前嫌，獲得老公的充分理解和支持。

去年她還幸運地簽了幾個家鄉企業家的大單，像自己曾經的偶像紅姐一樣，跨入了保險業最高規格的 TOT 行列。另外，剛入行兩年的她也開始建立起自己的團隊，發展了好幾個在香港讀了碩士、博士的高學歷同事，這也是 Carmen 最引以為傲的成績。

第三十四章

那個背影

中年就這樣不期而至。生活早已千瘡百孔、一地雞毛。

很久了，羅羅音訊全無。

北雁想，也許是時候忘記他了。這麼多年來，自己對這段關係耿耿於懷，不外乎是因為當年莫名地被動分手，一直無法化解心中的怨氣。

彈指間十年過去了，這次重逢，他終於給了答案，表明當年是情非得已。不管這是真相還是托辭，已經足夠了，自己該從折磨人的內耗中走出來了。

如果沒有這次重遇，北雁想，羅羅也不會像電視劇裏常有的橋段，想方設法地找她，來向她賠罪。最多，只會在閒暇時，一閃念中回想起她和他的前塵往事。即使他心中有情，也大不過他的現實利益和人生野心。

董橋說：「中年是一杯下午茶」。那麼，中年人的舊時愛情，就是泡了幾水後的茶葉，時隱時現地沉在杯子底部，偶爾泛上來，被含在嘴裏品味幾秒，待到緩過神來，就隨時被無奈地吐出來棄掉了。

中午報館休息時間，北雁和小漁去報館附近的茶餐廳用完餐，兩人邊走邊聊。

小漁終於下決心要回上海了。畢業後在香港工作了兩年，她還是不適應這裡的生活。

「最近又有一個同學回內地去了。」

半年來，小漁不斷地和北雁更新她港大同學的近況。而自己何去何從？她也始終在徘徊搖擺。一方面，香港的生活習慣和潮濕氣候都是小漁不喜的，另一方面，個人生活也不順利。一番尋尋覓覓下來，無論是剛入投行的金融小生，還是從事教育的美國帥哥，最後關係都是無疾而終，小漁是徹頭徹尾地失望了。

不同年齡段，各自有煩惱。人生就是一場和困難作戰的歷程。等到歲數太大，能量消耗完畢，就什麼也不想，投降離開這個世界了。

北雁不想再勸小漁。

傳統教育總叫人要先苦後甜，在忍耐中獲取所謂好的結果。但是北雁覺得，人生短短幾十年，當下的自洽和幸福感也很重要。

和香港，其實也是緣分，就像戀人，合則留，不合則分，沒必要勉強。

「小漁啊小漁，你就是一條魚，香港的水土不適合你，你要游回長江去。」

北雁打趣著小漁，心裏有些不捨。兩人雖然相差十歲，卻一直像姐妹一樣互相照顧。這個好妹妹在公司的歷次鬥爭中，在北雁的職場掙扎中，一路毫不猶疑地支持自己。

想到此，北雁鼻子酸了。

兩人走到公司附近，經過一個轉角處，北雁突然被人狠狠地撞了一下。在香港，由於人流密集，在行人道上被人碰撞是家常便飯。通常不小心碰到別人時，一定都是第一時間致歉說「唔該」，而被撞的人，也大多會頭也不回地繼續行路。

但是北雁沒有聽到任何表示，她有些不滿地轉頭過去，一雙大墨鏡赫然出現在眼前，定睛一看，想起來了，這位不是羅羅的司機嗎？對方卻不容她多說什麼，只把一個小紙條塞給了她，就急速轉身離去了。

「雁姐，你怎麼了？」直到毫無察覺的小漁叫自己，北雁才緩過神來。悄悄把紙條揣進兜裏，不再說話。

已是盛夏，日夜沒有溫差的香港一早就充斥著熱騰騰又潮濕的空氣，周圍一片水濛濛的，不知道是霧還是濕氣。

北雁坐上的士，急急地往中環碼頭趕去。昨晚幾乎一夜無眠，但此刻她卻沒有一絲倦意。

中環海濱摩天輪的輪廓越來越清晰。上次來這裏時摩天輪還未建起，現在已成為中環新地標了。

下車，行至碼頭，遠遠有幾只小船影影綽綽，在水中忽忽悠悠地蕩漾著。

她掏出了那張紙條：「八月八日早六點，六號碼頭」，手不由地有點發抖。

二號、三號、四號……，她一路數過去。

六號！終於到了！

可是碼頭空無一物，唯有幾張長木椅寂寞地臨海憑風。

她拿出手機嘗試打那個熟悉的號碼，依舊傳來空號聲。她有些茫然失措，不由地再向遠處的水中央望去，朦朦朧朧只看到一隻紅帆船在水中晃蕩著前行。

她拼命地喊：「羅羅——」

只有海水拍岸的回響。

北雁不再喊，她呆呆地佇立岸邊。世界寂靜無聲，心中一片空洞。

北雁知道，這一次，他，是真的漸行漸遠了……

幾聲鳴笛響起，美麗的維多利亞港醒來了，腳下的港島醒來了，對面遙望的九龍醒來了，整座城市醒來了。

太陽從東面升起，清晨的迷霧瞬間散去，柔和的陽光照在藍茵茵的海面上。懸浮在維港上空的片片白雲，還有兩岸鱗次櫛比的高樓大廈，都將倒影映射在海面上，使得海水呈現出不同深淺、不同層次的藍——蔚藍、水藍、海藍、鈷藍、波斯藍……，錯錯落落地流動著，像傾瀉於此的藍色調色板。

兩隻海鳥在高空盤旋，自由自在地俯衝著、徜徉著；海上的船隻也漸漸現出身影，遠航的大型郵輪、來往維港兩岸的渡輪、貨船、漁船、私家遊艇，還有幾艘白帆船正乘風啟航，這是一個多麼美麗的早晨啊！

「後來，我總算學會了如何去愛，可惜你早已遠去，消失在人海……」

對著風，北雁輕聲吟唱著。

她想起上次羅羅邀請她去紅磡體育館，一起看劉若英演唱會。宏大的體育館裏，坐滿了同時代的中年人。沒有那麼多耀眼的電筒、示愛牌，沒有粉絲的尖叫呼喊，只有靜靜的人群，聽「奶茶」悠悠地唱了一曲又一曲，喚起大家共有的青春、塵封的回憶。

「後來」，唱到最後一曲，音樂聲響起，全場不約而同地跟唱起來。她和羅羅也投入地輕輕哼著，旋律裏盡是歲月滄桑，聲音裏盡是無限感慨……

青春啊青春，連同它的記憶，就這樣走遠了。走遠吧！生命中沒有太多的歲月靜好，你我都要負重前行。無論人生是怎樣的結局，莫怪這世道弄人，因果全在自己……

Ripple_pool 繪

後記

灣仔街頭，北雁熟悉的執紙皮老人最近也不見了，他是離開了還是離去了呢？

無論如何，光陰不等任何人，日子也還要往前走。

微信、支付寶走進了香港，7-11、OK便利店全部開通使用；香港高鐵銜接上了內地，北雁從九龍站出發，九小時就到達北京；港珠澳大橋也終於通車，粵港澳從此進入一小時生活圈……

香港在變，香港也沒變。

香港給世人的印象仍是那樣逼仄擁擠，是令人難以喘息的「都市牢籠」，但是北雁寧願相信，那是無比集中的建築佈局帶給人的錯覺。等你住下來，細心體會，就會了解香港有著多元的文化、多元的選擇，忙碌和休閒、擁擠和開闊，和諧共生，都是它的風景。

這天北雁回「藍岸」搬家。

聖誕節就要到了，小區裏到處掛著紅紅綠綠的聖誕裝飾，一派歡樂氣氛。

北雁環顧四周，心中湧動出一份不捨。透過會所的大玻璃窗，可以看到有人在健身房跑步、擼鐵；有人在學習室敲著電腦、整理筆記；而幾位老人家，則在一顆碩大的紫荊樹下慢悠悠地打著太極。

人們都在努力地生活，即使未來有太多未知。

北雁還聽到一個新聞：小區有兩個港漂姐妹閒來無事，就組織了個普通話學習班，教小區裏的香港太太們說普通話，據說報名相當踴躍。

樓下碰到了林太，因為林太兒子和芊芊曾是同班同學，所以和北雁見面就會聊上幾句。

聽說林太也報名去學普通話，北雁就笑說：「林太，你好勤力，也去學說普通話……」

「兒子學校現在開設了普通話課，一個星期兩堂，不學都沒有辦法輔導功課啦！」

林太吃力地用港式普通話答北雁。

北雁笑了，林太也笑了。

暖融融的陽光下，兩個人都似乎心無牽掛，只沉浸於當下的美好……

港漂，
前疫情時代的似水流年

作　　者：筱　梅
責任編輯：曾凱婷
策劃編輯：黎漢傑
設計排版：D. L.

出　　版：初文出版社有限公司
電郵：manuscriptpublish@gmail.com

印　　刷：陽光印刷製本廠

發　　行：香港聯合書刊物流有限公司
香港新界荃灣德士古道 220-248 號
荃灣工業中心 16 樓
電話 (852) 2150-2100 傳真 (852) 2407-3062

海外總經銷：貿騰發賣股份有限公司
電話：886-2-82275988 傳真：886-2-82275989
網址：www.namode.com

版　　次：2025 年 4 月初版
國際書號：978-988-71098-0-8
定　　價：港幣 98 元 新臺幣 360 元

Published and printed in Hong Kong

香港印刷及出版